ha Library

「[illegible]」桜は本当に美しいのか

平凡社ライブラリー

Heibonsha Library

［改訂］

桜は本当に美しいのか

欲望が生んだ文化装置

水原紫苑

平凡社

本書は二〇一四年三月刊行の平凡社新書版を改訂したものである。

目次

凡例

一、引用テキストは原則として『日本古典文学大系』（岩波書店）を底本とした。そこに収録されていないものは適宜、巻末の参考文献に挙げたテキストを用いた。

一、漢字の字体は、原則として現在通行の字体に統一した。ただし近現代の、原著者が意識的に異体字を採用している場合などは、そのまま残した。

一、漢字の当て字は適宜、読みやすいよう改めた。また漢字に読み仮名を付した場合もある。

一、助動詞で「ん」「けん」「らん」と記されたものは「む」「けむ」「らむ」に改めた。

一、反復記号は、漢字一字繰り返す場合のみ「々」を用い、他は字や語を繰り返して示した。

一、引用文中の強調は原文のままとした。引用者による補記は〔　〕で示した。

まえがき

桜への疑問

桜とは、いったい何だろう。あまりにも多くの人間の思いが、この木の花にこめられている。しかも、それは、この島国に限っての現象であるらしい。

桜を論じた書物は、一読驚嘆する文語体の、格調高いが非常に国粋的な山田孝雄著『櫻史』(一九四一)を始めとして数多いが、「桜は美しい」という大前提に立っているものがほとんどである。

だが、桜は本当に美しいのか。花であるからには、相応に美しいかも知れない。しかし、ここまで人間が傾倒するほど美しいのか。

短歌を本気で始めるまで、私は桜に全く興味がなかった。高校の校門の脇には桜並木があり、友だちは、学校でお花見ができると喜んでいたが、私にはその気持ちがわからなかった。

はっきりしないピンクの大きな綿菓子のようなかたまりの、いったいどこがいいんだろう。春の花なら、椿や牡丹や薔薇のほうがずっときれいなのに、と私は思っていた。

一方、歌舞伎はテレビで見ていた子どもの頃から好きだったので、本物を見た時も、吉原の花魁道中や、白拍子花子の踊りを彩る、舞台の天井からいっぱい吊るされた桜の吊り枝には、抵抗もなく馴染んだ。舞台装置のひとつ、と感じたのかも知れない。

家の近所には、桜がたくさん植えられた公園があって、花の季節になると、遠くからも見に来る人たちがいた。それが、癇にさわって、ひどく嫌だった。遠来の花見客は、昼間出られる中年女性が多い。一人ならまだいいが、数人連れ立って来て、桜の木の下のベンチでお弁当を広げる。元気に喋りながら、時折ぽかんと口を開けて桜を見上げ、「きれいねえ」などと言い合っているのを聴くと、「何がそんなにきれいなんですか」と、少女の私は言ってやりたくなって困ったものだ。

短歌と桜との出会い

それが、一変してしまったのは、学生時代の終わりである。勉強は残念ながら駄目だったが、表現の夢が捨てがたく、高校の授業で作った短歌を思い出し、無我夢中で現代短歌の世界に飛び込んだ。

私の師、春日井建（一九三八―二〇〇四）は、前衛短歌と呼ばれた戦後の新しい短歌の流れから登場した歌人だったが、両親ともに歌人だったこともあって、古典和歌とりわけ藤原定家《ふじわらのていか》（一一六二―一二四一）を愛していた。また、前衛歌人の筆頭塚本邦雄（一九二〇―二〇〇五）は、やはり定家を愛し、『新古今和歌集』の美学を自身の歌論に重ね合わせていた。

おのずから、現代短歌だけでなく、古典和歌にも少しずつ近づくことになった。そして出会ったのが、空恐ろしいほどの桜の歌の集積だった。

なぜ桜にこれほどの情熱が注がれたのか。

世中《よの》にたえてさくらのなかりせば春の心はのどけからまし　　在原業平《ありわらのなりひら》

花の色はうつりにけりないたづらに我身《わがみ》世にふるながめせしまに　　小野小町

ねがはくは花の下にて春死《し》なむそのきさらぎのもち月の頃《ころ》　　西行《さいぎょう》

あまりにも名高い三首を引いたが、おおよそここに言い尽くされているとも思える桜への思いを、歌人たちは千年以上も変奏し続けたのである。

そればかりか和歌が短歌と呼ばれて、近代文学の一分野となり、幾度かの短歌滅亡論を経て現代に至るまで、桜は詠み継がれているのだ。

後世《ごせ》は猶今生《こんじやう》だにも願はざるわがふところにさくら来てちる　山川登美子

さくらばな陽に泡立つを目守《まも》りゐるこの冥き遊星に人と生れて　山中智恵子

さくらさくらいつまで待っても来ぬひとと／死んだひととはおなじさ桜！　林あまり

薄幸の運命と対峙する山川登美子（一八七九―一九〇九）、宇宙に生命が存在することの根源的な闇を想った山中智恵子（一九二五―二〇〇六）、そして、のちに『夜桜お七』の歌詞に発展する切羽詰まった青春の叫びの林あまり（一九六三―）と、それぞれの心は異なっても、桜が中心にあるのは変わらない。

私も桜を詠まなければならないという焦燥に似た思いの中で、いつか桜は美しいという結論が導き出された。花見客はやはり不快だったが、なるべく見ないことにした。そうなると、物にこだわる気質で、ささやかな庭に三本の桜を植え、純白のトイプードルの仔犬を「さくら」と名付けて伴侶に決めた。

花の奥にさらに花在りわたくしの奥にわれ無く白犬棲むを　　水原紫苑

桜の素顔

ところが、私の遅咲きの桜信仰が揺らぐ時が来た。二〇一一年三月十一日の大震災である。まだ、桜は咲いていなかった。

しかし、その春の花たちは、みな天地の異変に反応した。椿、菫、蒲公英、花の大小にかかわらず、常よりも色鮮やかに、叫ぶように咲いたのである。

独り、桜だけが尋常だった。猛威を振るった自然の一部としてなのか、何事もなかったように平然と咲いていた。

私は、その桜の姿を美しいと感じることができなかった。あまりにも非情に見えた。

しかし、考えてみれば、非情こそ自然の本来の相である。自然は人間のために存在するわけではないのだ。

まして、桜は、遠い昔には、人知れず山中に咲いていた花である。桜を人間の俗界に招き入れ、あえかなはなびらに、堪え得ぬほどの重荷を負わせたのは、私たちの罪ではないか。

我に触るるな。

あの春に見た桜は、そう言っていたのかも知れない。
私たちには、桜を、長い長い人間の欲望の呪縛から、解放すべき時が来てはいないだろうか。
桜を愛するのはいい。だが、桜に肩代わりさせた私たちの本当の望みを、見つめる時が今ではないだろうか。

第一章　初めに桜と呼びし人はや

桜という言葉

「初めに桜と呼びし人はや」は、現代の巫女と異称された、天才歌人山中智恵子の一首（『みずかありなむ』一九七五）、

三輪山の背後より不可思議の月立てりはじめに月と呼びし人はや

のつたない本歌取りである。

初めに「桜」という言葉が発せられたのは、いつ、誰によってだったのか。

「さくら」の語源には、神の座を示す「くら」に、穀霊を表す接頭辞の「さ」が付いたとい

う説と、動詞「さく（咲く）」に接尾辞「ら」が付いたという説の、二通りがあるようだ。いずれにしても、桜は、稲作の豊凶を占うための呪的な花だった。


私どもなぜ、櫻を惜しむのだらう。〔中略〕なぜこのやうに、櫻の為に命乞ひをしたのであらう。これを風流として解するのは当つてゐない。〔中略〕櫻の花は農事の前兆と考へられ、人間生活のさきぶれだとも思はれてゐたのだ。

だから、櫻の花の咲きかた・散りかたで、村の生活・人及び田畠の一年間を感得した。それが民謡とか芸能が発達して、そのうたと調子を合はして行つた。これは、民謡ではなく、民間の呪術の踊りが、その芸能となつて来たのだが、更に次第に文学となり、この経過のうちに段々内容が加つてきた。

（「花物語」『折口信夫全集　第十六巻　民俗學篇２』）


桜は眺める以前に、祈りの花だったのである。

木花之佐久夜毘賣と桜

では、書かれたものとして、最初に桜が現れるのはいつか。

『古事記』、『日本書紀』の天孫降臨で、天下った邇邇《にに》芸命《ぎのみこと》が、大山津《おほやまつ》見神《みのかみ》の娘、木花之《このはなの》佐久《さく》夜毘賣《やひめ》――『書紀』では木花開耶姫――を妻として一夜契る。木花之佐久夜毘賣は、桜の女神とされ、富士の浅間神社の祭神であるが、桜に限らず、木の花一般を指すという説もある。

しかし、木花之佐久夜毘賣の挿話は、いかにも桜の属性に適っているのも事実である。

よく知られるように、大山津見神は、もう一人の娘、石長比賣《いはながひめ》を、木花之佐久夜毘賣に「副《そ》へ」て、天孫に奉っている。ところが、「天つ神の御子」は、醜い石長比賣を見て、畏れをなして送り返し、美しい木花之佐久夜毘賣だけを留めて、一夜契った。

大山津見神は、石長比賣を返されたことを恥辱として、「二人の娘を奉ったのは、石長比賣は、天つ神の御子の命が岩のように長くなるため、木花之佐久夜毘賣は、御子が木の花のように栄えるためだったのに、石長比賣をお返しになっては、御子は、栄えるとも長い寿命は得られまい」と予言する。

そして、のちに木花之佐久夜毘賣が妊娠したことを天孫に申し出ると、天孫は、一夜の契りで身ごもったのか、それはわが子ではあるまい、国つ神の子であろう、と疑う。現代的感覚だと驚くべき卑劣さだが、ここはやはり、征服王朝である天つ神と、先住民の国つ神の対立の文脈で読むべきなのだろう。

疑われた木花之佐久夜毘賣は、天つ神の御子の子なら、無事に出産できるだろうと言って、完全に密閉した産屋の中に火を放って、三人の子を生む。神話とはいえ、悽愴な古代女性の情念に圧倒される。

岩の長寿と比較される薄命の美は、木の花のうちでも、やはり桜にふさわしい。また、多情を疑われるような豊潤な官能性も、桜を思わせる。これも現代的感覚であるかも知れないが。

ちょっと脱線すると、醜い石長比賣を無礼にも父に返した邇邇芸命の振舞いは、『源氏物語』の醜女末摘花をともかくも妻の一人として一生遇する、光源氏の大人の対応と比較すると興味深い。「日本紀《にほんぎ》の局」と渾名された紫式部（生没年不詳、十世紀頃）は、必ずやこの件を意識していたであろう。また、はるか下って、江戸歌舞伎の四世鶴屋南北（一七五五―一八二九）の代表作、『東海道四谷怪談』の「お岩様」も、石長比賣の末裔に違いない。

というわけで、木花之佐久夜毘賣は、桜の女神と、私は考えておきたい。

最初にはっきり桜という名が現れるのは、『日本書紀』の履中《りちゅう》天皇の記述である。

非時の桜の詩想

履中天皇三年の冬十一月の丙寅《ひのえとら》の朔《ついたち》辛未《かのとひつじのひ》に、皇妃《みめ》とともに、船遊びの宴を楽しんでいた天皇に、膳臣《かしはでのおみ》余磯《あれし》が酒を奉ると、天皇の盃に桜の花がこぼれ入った。季節外れの花を不思議に思った天皇は、長眞《ながま》膽連《いのむらじ》に、この桜を探すよう命じる。長眞膽連は山を尋ねて桜を見つけ、天皇に献上する。これは、咲いている枝を折り取って来たものか。

長眞膽連は稚櫻部造《わかさくらべのみやつこ》、膳臣余磯は稚櫻部臣《わかさくらべのおみ》の名をそれぞれ賜る。注目したいのは、「稚《わか》」である。「桜」は若さの象徴でもあったことになる。

しかし、この命名のあとには不吉な記述が続く。天皇が筑紫の三神に仕える民を奪い、三神を祀らなかったために、祟りで、凶兆があり、空から天皇の名を呼ぶ声や、妃の死を予言する声が聴こえ、果たして皇妃は急死する。天皇は、後悔して、三神を祀り、民を返すが、まさに後の祭りであった。

「桜」が若さと結びつけられていることは、やはり、薄命の意味を含んでいたのだろうか。

『古事記』には、筑紫三神の祟りの記述は無い。盃については、全く異なる挿話が記されている。弟との内乱に勝利した履中天皇が、弟王子に仕えていて寝返った隼人に、同じ盃で酒を酌もうと言い、顔を隠すほど深い盃の中に顔を入れた隼人の首を討って謀殺したという記述である。

そのあと、唐突に「若櫻部」の名が出るが、「桜」そのものは出てこない。もちろん、天皇の船遊びの場面も無い。

『日本書紀』の、盃に入る「非時の桜」の詩的な美しさは、おそらく謀殺の事実を隠蔽するための後代の創作で、そこに「桜」の薄命のイメージが援用されたものと私は考えたい。

最初の桜の歌

允恭《いんぎょう》天皇の代に至って、「桜」という言葉が、絶世の美女をたとえる歌に用いられる。衣通《そとほり》姫《ひめ》である。

しかしながら、この「桜」も、決して晴れやかな幸福に満ちた文脈にはないことも注目しておきたい。

『日本書紀』によれば、衣通姫は、允恭天皇の皇后忍坂大中姫《おしさかのおほなかつひめ》の妹弟姫《おとひめ》のことである。『古事記』では、允恭天皇の太子木梨軽太子《きなしかるのみこ》と同母の妹で兄妹相姦となる軽大郎皇女《かるのおほいらつめのひめみこ》と同一人物とするが、それでは話の辻褄が合わないので、『書紀』のほうが正しいのであろう。

衣通姫の名の由来である、衣を通して光り輝く美しさが語られる。天皇が恋慕して皇后に弟姫を献上するように強いるが、皇后は許そうとしない。天皇は自ら使者を遣わして姫を召喚する。姉である皇后の心を思って、天皇の使者を拒もうとした姫だが、使者の巧みな策に乗せられて、ついに従う。天皇は喜んだが、皇后は不興なので、別に藤原宮を建てて姫を住まわせる。皇后がのちの雄略天皇を生むことになる日に、天皇は初めて藤原宮を訪れたので、皇后は、怒って産屋に火を放って死のうとした。天皇は仰天し、言葉を尽くして皇后に謝るが、衣通姫をあきらめたわけではない。

ある日、天皇がお忍びで藤原宮に行幸して、物陰から姫の様子を窺うと、姫は天皇を恋い慕って独りうたっていた。

我《わ》が夫子《せこ》が来《く》べき夕《よひ》なりささがねの蜘蛛《くも》の行《おこな》ひ是《こ》夕著《よひしる》しも　（『日本書紀』巻十三）

（私の恋人が来てくださるに違いない、蜘蛛の激しい動きがそう告げている）

姫には巫女的な霊力があったのだろう。

天皇はこの歌を聞いて、いとしさにうたいかける。

ささがた錦《にしき》の紐《ひも》を解《と》き放《さ》けて数《あまた》は寝《ね》ずに唯一夜《ただひとよ》のみ　（同前）

（ささらの模様の錦の紐を解き放って、幾夜もとはいかないが、ただ一夜寝よう）

こうして、姫と共寝した翌朝、天皇は井戸の傍らに咲いている桜を見て、ますます募るいとしさに堪えず一首詠む。

花《はな》ぐはし桜《さくら》の愛《め》で同愛《ことめ》では早《はや》くは愛《め》でず我《わ》が愛《め》づる子《こ》ら　（同前）

（花がこまやかで美しい桜よ、愛するならもっと早く愛するのだった、いとしいひとよ）

桜の美しさに衣通姫を重ね合わせた、美しい歌である。これが伝えられて、皇后は激怒する。もっと早く逢いたかった、とは、皇后より前に姫に逢いたかった、という意味にも取れるから、当然である。

おそらくは伝承の歌謡であろう、最古の「桜」の歌は、なぜ日蔭の負性を帯びた恋物語の文脈で用いられたのか。

意外な出発点である。

第二章　『万葉集』と桜の原型

過渡期としての『万葉集』

よく知られるように、『万葉集』（成立年代は明らかでないが、巻二十の大伴家持《おおともものやかもち》の最後の歌は七五九年）に最も多く詠まれた花は萩の百四十一首であり、次は梅の百十八首である。桜は八位の四十二首にとどまる。

先に引用した「花物語」で、折口信夫は次のように述べている。

万葉では存外、櫻の花が問題になつてゐないのは、なぜだらう。よし櫻の花が詠まれてるとしても、家櫻ではなく、殆、山の櫻であつた。それも讃美の意味ではなくて、ただそれを見た、といふ位にすぎない。〔中略〕この時代は、櫻の花といつても別に、我々が持つ様な感銘は、なかつた訣だ。古く、日本紀にも見えた「……花ぐはし櫻のめで……」(允恭天皇)なども、またから言ふ立ち場から見るべきものなのである。
〔中略〕
純粋に花を惜しむやうになつたのは、それが文学となつてからである。万葉集は、実はこの中間にあたるもので、巻八・巻十では櫻の花が綺麗だと考へられはじめてゐる。

祈りの花から眺める花へという流れが明快だが、私は允恭天皇作とされる桜の歌には、やはり、桜を美しいとする感覚が働いていたと考えたい。だからこそ、うたうのではないだろうか。『万葉集』も同様に思うのだが、たしかに、生活に密着した祈りの対象だった桜を、徐々に距離を置いて、花として眺める眼差しのためらいや戸惑いを所々に感じる。その意味で、『万葉集』は、桜をうたう試行錯誤の痕跡であり、桜の歌の原型なのではあるまいか。

梅の花咲きて散りなば桜花継ぎて咲くべくなりにてあらずや　(巻五　八二九)
(梅が咲いて散ったら、続いて桜の花が咲くのでしょうね)

作者の薬師《くすし》張氏福子《ちょうしのふくし》は、気のせいか、おずおずと遠慮がちにうたっているようである。

中国渡来の、詩的な美の象徴だった梅と、日本古来の、共同体の死活に関わる霊力を持つ桜とを、並べてしまっていいのかしら？　と、自分に問いかけている雰囲気だ。

あしひきの山桜花日並《ひなら》べて斯《か》く咲きたらばいと恋ひめやも　山部赤人《やまべのあかひと》（巻八　一四二五）
（山桜の花が何日もずっと咲いていてくれるのなら、こんなに恋しい思いをするものだろうか）

叙景歌の名手赤人は、巧みな反語表現で、満開の桜を惜しむ心を恋のようにうたっている。語調こそ、万葉独特の古風な硬さだが、以後千年以上も、歌人たちは同じ内容を変奏してうたってゆくのである。

春雨のしくしく降るに高円《たかまど》の山の桜はいかにかあるらむ　河辺朝臣東人《かはべのあそみあづまひと》（巻八　一四四〇）

万葉調の「しくしく降るに」が、かえって現代的で新鮮に感じられる。雨の中の花を案じるという、これもののちの原型となる場面設定であるが、「高円」という地名が、音と漢字の意味の両面で、象徴的な効果を出している。

さて、『万葉集』の桜の歌のうちでも、とりわけ面白いのが、藤原廣嗣《ひろつぐ》が、桜の花を娘子《をとめ》に贈った時の相聞歌のやりとりである。廣嗣は反乱を起こして歴史に刻まれた人物だが、歌はまた別の人間味がある。

藤原朝臣廣嗣の桜の花を娘子に贈る歌一首

この花の一枝《ひとよ》のうちに百種《ももくさ》の言《こと》ぞ隠《こも》れるおぼろかにすな　（巻八　一四五六）

（この花の花びらひとつにも、私のたくさんの言葉がこめられているのだ、おろそかに思うなよ）

娘子の和《こた》ふる歌一首

この花の一枝《ひとよ》のうちは百種《ももくさ》の言《こと》持ちかねて折らえけらずや　（巻八　一四五七）

（この花の花びらは、あなたのたくさんの言葉の重みに折れてしまったのではありませんか）

男の尊大ながら懸命らしい口説き文句を、若い女が逆手に取って、いなしている。

折口信夫は、この歌についても、桜が美しいというのではなく、桜の枝に歌を付けて遣ったまで、と言うが、花を美しいと思わなくてはここまで廣嗣が必死にならないのではないか。

女には、名前が記されていないが、身分の低い、しかし、明るく機知に富んだ娘だったのであろう。こんな愉快な桜の相聞歌は、王朝和歌には見られない。

鶯の木伝《こづた》ふ梅のうつろへば桜の花の時片設《かたま》けぬ　（巻十 一八五四）
（鶯が枝を伝って遊ぶ梅の花が衰えたので、桜の花の時がやってくる）

桜花時は過ぎねど見る人の恋の盛りと今し散るらむ　（巻十 一八五五）
（桜の花はまだ散る時期ではないが、見る人の花を恋う心が今、頂点だと感じて散るのだろう）

あしひきの山の間《ま》照らす桜花この春雨に散りゆかむかも　（巻十 一八六四）
（山の間を明るく照らす桜の花は、この春雨で散ってゆくだろう）

春雉《きぎし》鳴く高円《たかまど》の辺《べ》に桜花散りて流《なが》らふ見む人もがも　（巻十 一八六六）
（きじの鳴く高円のあたりに桜の花が散って流れてゆくよ、見る人がいるといいのに）

阿保山《あほやま》の桜の花は今日もかも散り乱るらむ見る人無しに　（巻十 一八六七）
（阿保山の桜の花は、今日にも散り乱れるだろう、見る人も無いままに）

春雨に争ひかねてわが屋前《やど》の桜の花は咲き始《そ》めにけり　（巻十　一八六九）
（季節を知らせる春雨の力に負けて、わが庭の桜の花は咲き始めたよ）

春雨は甚《いた》くな降りそ桜花いまだ見なくに散らまく惜しも　（巻十　一八七〇）
（春雨はひどく降らないでくれ、桜の花をまだ見ていないのに、散ったら惜しいことよ）

見渡せば春日《かすが》の野辺に霞立ち咲きにほへるは桜花かも　（巻十　一八七二）
（見渡せば、春日の野辺に霞が立って、美しく咲いているのは桜の花なのだね）

巻十になると、桜という新しい歌の素材を、人々が柔軟に詠みこなすようになっている。しかも、興味深いのは、この一連では、梅と桜がほとんど一首ごとに交替するように詠まれていることだ。春の花として、早く咲く梅とあとから咲いて散りやすい桜の特徴を詠み分ける一方、梅と桜を入れ替えてもそのまま成り立ちそうな歌もある。

古代人の心はわからないが、勝手に現代の実作者の立場から言えば、さぞ楽しかったであろうと、羨ましい気持ちになる。何しろ、先例の無い素材なので、ああも詠める、こうも詠める、と自由に言葉を発することができたのではないだろうか。

桜花咲きかも散ると見るまでに誰《たれ》かも此処に見えて散り行く　（巻十二　三一二九）

（桜の花が咲いて散るまでの短い間に誰なのか、恋しい人がここに見えて消えてゆく）

これは、柿本人麻呂《かきのもとのひとまろ》歌集の旅の連作から採られている。旅先で見る桜に、おそらくは国の妻であろうと思われる女の幻が重なる。人麻呂の真作かどうかわからないが、さりげないようで、高度に技巧的な美しい歌である。同じ内容を、もし定家なら、ここぞとばかり劇的に演出するであろう。

さて、巻十六には、櫻兒《さくらご》という娘と二人の男の歌物語がある。娘は自分を求める男たちの争いを悲しんで、林に入り、樹に懸かって縊《くび》れ死ぬのである。遺された男たちは、血の涙を滴らせて歌を詠む。

春さらば挿頭《かざし》にせむとわが思《も》ひし桜の花は散りにけるかも　（巻十六　三七八六）

（春になったら、かざしのように身近にいてほしいと思った、桜の花が散ってしまった）

妹《いも》が名に懸《か》けたる桜花咲かば常にや恋ひむいや毎年《としのは》に　（巻十六　三七八七）

（あなたの名の桜の花が咲いたら、来る年ごとにあなたを恋い慕うだろう）

二人の思いが全く異なるのが不思議である。

美しい娘と二人の男というのも、『源氏物語』の宇治十帖に大きく結実する、物語の原型的な発想である。ここでは、桜は、薄幸な美女そのものになっている。

大伴家持の桜の歌

それでは、『万葉集』の桜の最後に、大伴家持（七一八頃―七八五）の歌を読んでみよう。

山峡《やまがひ》に咲ける桜をただひと目君に見せてば何をか思はむ　（巻十七　三九六七）

（山峡に咲いている桜をただ一目あなたに見せられたら思い悩みもしないのに）

わが背子が古き垣内《かきつ》の桜花いまだ含《ふふ》めり一目見に来《こ》ね　（巻十八　四〇七七）

（私のいとしいあなたの古い垣の内の桜の花は、まだつぼんでいます、一目見に来てください）

今日の為と思ひて標《し》めしあしひきの峯《を》の上《へ》の桜かく咲きにけり　（巻十九　四一五一）

（今日のために私がしるしを付けておいた峯の桜はこんなに咲きました）

そして、巻二十の長歌の反歌に桜が詠まれる。

桜花今盛《さかり》なり難波《なには》の海押し照る宮に聞《きこ》しめすなへ　（巻二十　四三六一）

（桜の花が今盛りである、難波の海に輝く天皇の御代が栄えるように）

長歌は、私的感慨と断りながらも、古代から都のあった難波の国を褒め、現在の天皇の難波の宮を称え、難波の海の、天皇への貢ぎ物を運ぶ船や天皇に差し上げる魚を獲るための海人小舟を生き生きとうたっている。

満開の桜にたとえて、天皇の治世を賛美した反歌の一首は美しいが、桜の薄命は、意識されていなかったものか。

あくまで古代的な宮廷歌人人麻呂の荘重な調べと違って、家持が天皇や国家を賛美する時、何か近代的な非常に危ういものを感じるのは、私の思い込みだろうか。家持の繊細霊妙な抒情歌を知るゆえに、政治的な歌は本来の資質に合わないように思われるのである。

衰運にある名門大伴家の嫡流として、無理に肩肘張っている感じが否めないのだ。そうして家持が懸命に天皇制国家への忠節を示した、「陸奥国より金《くがね》を出せる詔書を賀《ことほ》ぐ歌」（巻十八 四〇九四）の一節が、『海ゆかば』（二六四頁参照）として近代の軍歌になり、やがて日本軍敗北の大本営発表の放送に流されるようになったのは、なんという皮肉だろう。

難波の桜の歌は、整った名歌ではあるが、他の私的な場面で詠まれた桜のほうが、花は安らかに見える。

近代の軍国主義と結びつけられた桜の不幸は、また全く異なるものだが、どちらにしろ、花が痛ましいことは変わらない。

これもひとつの桜の原型であろうか。

第三章　『古今集』と桜の創造

仮名序のわかりにくさあるいは詐術

桜の文化は、『古今集』によって創造された。『万葉集』で、原型はすでに作られていたが、明確に美の規範として打ち立てたのは『古今集』である。

それを確かめる前に、紀貫之《きのつらゆき》（八六八頃—九四五）による有名な仮名序を読んでみよう。

やまとうたは、ひとのこころをたねとして、よろづのことの葉とぞなれりける。世中にある人、ことわざしげきものなれば、心におもふことを、見るもの、きくものにつけて、いひだせるなり。花になくうぐひす、みづにすむかはづのこゑをきけば、いきとしいけるもの、いづれかうたをよまざりける。ちからをもいれずして、あめつちをうごかし、めに見えぬ鬼神をも、あはれとおもはせ、をとこ女のなかをもやはらげ、たけきもののふのこころをも、なぐさむるは歌なり。

（和歌は、人の心を種として、無限の言の葉が生い茂ったものである。この世に生きる人間は、出会うことやなすべきことが多いので、心情を、見るもの聞くものにつけて言葉を述べようとする。花に鳴く鶯、水に棲む蛙の声を聞けば、この世に生を受けて、歌を詠まないものがいるだろうかと思われる。力をも入れずに天地を動かし、人間の目に見えない鬼神をも感動させ、男女の仲を和合させ、勇猛果敢な武士の心をも慰めるのは、歌である）

仮名序の中でも、また、特に有名な冒頭だが、よく考えると、いろいろな疑問が湧く。最初の文を読むと、「やまとうた」は、全く人間だけが作るものである。しかし、続く「いきとしいけるもの、いづれかうたをよまざりける」の生きとし生けるもの、は人間だけでなく、生き物すべてが歌を詠むと言っている。本来、草木もものを言うのが、日本の太古の在り方だった。

遂《つひ》に皇孫《すめみま》天津《あまつ》彦彦火瓊瓊杵尊《ひこひこほのににぎのみこと》を立《た》てて、葦原中国《あしはらのなかつくに》の主《きみ》とせむと欲《おもほ》す。然《しか》も彼《そ》の地《くに》に、多《さは》に蛍火《ほたるび》の光《かがや》く神《かみ》、及《およ》び蠅声《さばへ》なす邪《あ》しき神有《あ》り。復草木《またくさき》咸《ことごとく》に能く言《ものいふこと》語有り。

（遂に、天照大神の孫天津彦彦火瓊瓊杵尊を立てて、地上の主として天から降らせようとした。だが、その地には、多くの善良な神と騒がしい反抗的な神たちがいた。また、草や木がそれぞれに精霊を持っていて、ものを言って、人間を脅かした）

『日本書紀』「神代下」の、天孫降臨の時の状況である。天孫にとって、良い神、悪い神がおり、草木がことごとくものを言う。

その文脈で言うと、鶯や蛙など、実際声を持つものだけを例に引いたのは適切ではないと思う。

また、「めに見えぬ鬼神」とは、邪神の末裔であろうか。「蛍火《ほたるび》の光《かがや》く」善なる神も含めるのか。あるいは草木を含めた精霊すべてか。ここもよくわからない。

そして、男女の仲のあとで、鬼神に対応するかのように、武士が出てくるのはなぜか。武士は人間の範疇に入らないのか。

作為的か否か、おそらく作為であろうが、奇妙に整合性を欠いた文章でありながら、気合いの入った流麗な文体で読ませてしまう。

では、ここで最も重要な、「ちからをもいれずして、あめつちをうごかし」について考えてみよう。
この言葉ですぐ連想するのは、『万葉集』巻二の柿本人麻呂の石見《いわみ》相聞歌の結びである。

〔前略〕夏草の思ひ萎《しな》えて偲《しの》ふらむ妹《いも》が門《かど》見む靡《なび》けこの山　（巻二　一三一）

（若々しい夏草も思いに萎れるように、私を思って萎れているだろう妻が立つ門が見たい、靡いて平らになれ、この山よ）

長歌の最後の、ちょうど短歌と同じ音数の部分を引いたが、鳥肌が立つような絶唱である。山が動いたかどうかはわからないが、自然が感応するには、これほどの歌でなければなるまい。『古今集』のどこを見ても、これに匹敵する呪的迫力を持った歌は無いだろう。

在原業平《ありわらのなりひら》（八二五―八八〇）は、『古今集』に先立つ六歌仙の時代の大歌人だが、業平の歌は、自然を詠んでもあくまでそこに人間の情を投影させるもので、人麻呂のように、恋しい妻の姿を見るために山に靡けと迫る体のものではない。

貫之にしても、貫之の友人であり、歌の上で後世まで比較される、凡河内躬恒《おおしこうちのみつね》にしても、素晴らしい歌人ではあるが、全く、自然を動かすような詠みぶりではない。そうすると、貫之が、いったいどういう意図で、「ちからをもいれずして、あめつちをうごかし」とまで、大言壮語したのか、不思議である。

話が先走るが、この仮名序の終わりのほうに、とどめのような殺し文句がある。

人まろなくなりにたれど、うたのこととどまれるかな。

（人麻呂は亡くなってしまったが、歌というものは残ったのだ）

涙が出るような一行で、これだけでも、散文家としての貫之の凄さがわかるが、あたかも、人麻呂が死んでも、人麻呂を継ぐ歌は残った、と言っているように読める。しかし、たしかに歌は残ったが、人麻呂がうたったような歌は、もはや絶滅してしまっている。人麻呂を持ち出すなら、むしろ歌は終わったと言うべきである。

あるいは正直に、「我々は、人麻呂とは違う歌を詠む」と言うべきであった。人麻呂の名を持ち出して、そのような歌が続いてゆくのだ、と思わせるのは、一種の詐術である。

人麻呂のように、自然を感応させることのできそうな歌の呪的な力そのものを、もはや貫之は信じていなかったであろう。人麻呂とて、信じていたかどうかは謎であるが。

だが、貫之には、どうしても歌の霊力を主張しなければならない必要性があった。漢詩に対抗しなければならなかったからである。

『万葉集』以降、久しく漢詩こそ公の文芸とされていた時代に、醍醐《だいご》天皇の勅撰によって和歌集を編むからには、漢詩に優るとも劣らない力を持たなければならない。漢詩は、堅固な構造を持ち、自然や、人間の心情だけでなく、国家や社会についての思想を盛るのにも適している。

和歌は、ここでは問題を短歌に限るが、『万葉集』の相聞、挽歌、雑歌（公的な歌）の三大部立てに象徴されるように、愛と死をうたうには、理想的な器である。五七五七七の下の句が、自己共鳴装置となって、主体の表出を増幅して響かせるからだ。だが、まさにその自己肯定機能ゆえに、ここに思想を盛ることは非常に困難である。

余談として、近代現代の短歌はこの困難に挑もうとしているが、詩型の呪縛はいかにも強い。思想性に欠ける和歌に、なくてはならないものと考えられたのは、人麻呂の歌が持っていたような言葉の呪力である。これは、あくまで現実的な漢詩には無いものだ。だからこそ、貫之は、無理矢理人麻呂を持ち出した。

だが、人麻呂の歌にあった呪力が、実はもはや歌には無いとしたら、それを補うために、別の何かが要る。

桜の呪力の導入

そこで、導入されたのが、本来呪力を持つ桜ではないだろうか。『万葉集』から、人々が、だんだん桜を眺める対象として歌に詠むようになっていたのは、先に見た通りである。

だが、『古今集』において、桜に求められたのは、美的対象であると同時に、可能な限り呪術的力を合わせ持つことだったのではあるまいか。

これが、私の素人読みの仮説である。続きを読んでみよう。

貫之が力説しているのは、歌というものが、天地開闢以来、連綿と続いていることである。歌は、まず神々から始まったというのであるから、冒頭の「ひとのこころをたねとして、よろづのことの葉とぞなれりける」とは、矛盾することになる。

そして、神々の時代には、「素直にて」音数律も定まらず、意味も理解しにくかった歌が、地上に降りた素戔鳴尊《すさのをのみこと》の時代から、人の世になって、三十一音に定まったという。

神々は、韻律も意味も必要とせず、自然のままにうたっていたが、人間は、韻律と意味を必要としたということである。これは、神々を人間の上に仰ぎながら、実は、人間こそ歌の創造者なのだと取れなくもないような、微妙な記述である。

実際、人間の話になってからは、語り口が熱を帯びる。

かくてぞ、花をめで、とりをうらやみ、かすみをあはれび、つゆをかなしぶ心、ことばおほく、さまざまになりにける。とほき所も、いでたつあしもとよりはじまりて、年月《としつき》をわたり、たかき山も、ふもとのちりひぢよりなりて、あまぐもたなびくまで、おひのぼれるごとくに、このうたも、かくのごとくなるべし。

(このように、花をめで、鳥をうらやみ、霞を切なく、露を悲しく思う心など、言葉が増えてさまざまになっていった。遠い所に行くのも、出発の第一歩から始まり、年月を費やし、高い山も、麓の塵や泥が積もり積もって、天にたなびく雲のあたりまで大きくなるように、歌というものも発展したのだ)

太古からの歌の発展を述べているのだが、歌が神々の天界からもたらされたと言ったことなど忘れたように、塵も積もれば山となり、天にも届くとたとえているなど、全く、人間中心である。

そして、和歌の技法を解説する。

そもそも、うたのさま、むつなり。からのうたにも、かくぞあるべき。

(もともと、うたのありようは六つである。漢詩もそうであろう)

「かくぞあるべき」どころか、漢詩の六義《りくぎ》に倣って述べているはずなのに、まるで、和歌が先んじているか、あるいは世界の普遍的な文芸であるかのような口調である。

貫之が、今でいうナショナリズムに浮かれていたわけではあるまい。王権による和歌復興という絶対的使命感のなすところである。

すべて、仮名序の貫之の言葉は、その使命の絶対性から逆算して読まなければならないだろう。

六つの歌を述べたあと、貫之は、今の世の歌を慨嘆する。ここも有名な一節だ。

いまの世中、色につき、人のこころ、花になりにけるより、あだなるうた、はかなきことのみ、いでくれば、いろごのみのいへに、むもれぎの、人しれぬこととなりて、まめなる所には、花すすき、ほにいだすべき事にもあらずなりにたり。

（現代は、人の心が浮薄に派手になったので、色恋の手管のような歌や、その場限りの歌ばかりで、歌というものが、色好みの一部の人々のものとなって世に出ず、しかるべき公の場には、表立って出せないものになってしまった）

これは、貫之の時代に先行する、在原業平や小野小町（生没年不詳、九世紀頃）など、六歌仙時代の歌に対する批判である。とりわけ、色好みという言葉には、業平を思わずにはいられない。

六歌仙批判は、あとに出てくるが、この貫之の批判は、実はそのまま『古今集』にも当てはまりそうである。はなやかにその場を飾る歌ばかりで、生真面目な改まった歌など、ほとんど見あたらない。

ここも矛盾している。当然、貫之は矛盾を承知で書いていたはずだ。そればかりではなく、貫之はつぎのような歴史の創作さえためらわない。

そのはじめをおもへば、かかるべくなむあらぬ。いにしへの世々のみかど、春の花のあした、秋の月のよごとに、さぶらふ人々をめして、事につけつつ、うたをたてまつらしめたまふ。あるは花をそふとて、たよりなきところにまどひ、あるは月をおもふとて、しるべなきやみにたどれるこころごころをみたまひて、さかしおろかなりとしろしめしけむ。

（歌が始まった昔を思えば、このようであったはずはない。古代の代々の帝は、春の花の朝、秋の月の夜毎に、臣下たちに、折りにふれて、うたをよませて、ある者は花に心を寄せて惑い、ある者は月を思ってあてどない闇をゆくような、詠みぶりによって、それぞれの者の能力を判定な

さるのであった)

歌で臣下の能力を判定するのは、卓抜なアイデアだが、少なくともこうした歴史的事実は知られていない。

貫之は、歌が公の価値を持つことを主張し、今までに詠まれたさまざまな歌枕(歌の素材)を、普遍的なものとして提示する。

さざれ石、筑波山、富士、松虫、高砂・住江の松、男山、女郎花、等々が、いわば公認の美意識の台帳に登録されるのである。

王権による美意識の統御

すなわち、過去の歌から、新たな美の宇宙を創造して、帝が宇宙を支配する。当然、この延長線上に、勅撰和歌集があるわけだ。ここまで来れば、天界の神々とは全く関係ない世界である。あくまで地上の王権による人間の意識の統御なのだ。

いにしへより、かくつたはるうちにも、ならの御時よりぞ、ひろまりにける。かのおほむ世や、歌のこころをしろしめしたりけむ。かのおほん時に、おほきみつのくらゐ、かきのもとの人まろなむ、歌のひじりなりける。これは、きみもひとも、身をあはせたりといふなるべし。秋のゆふべ、たつた川にながるるもみぢをば、みかどのおほんめには、にしきと見たまひ、春のあした、よしのの山のさくらは、人まろが心には、雲かとのみなむおぼえける。

（昔からこのように歌を作り伝えてきたが、とりわけ奈良に都が営まれた御代から広まった。帝が歌の本質をよくご存じだったからだろう。その時代に、正三位柿本人麻呂が、歌聖であった。これは、帝も人麻呂も、よく理解しあった結果と言うべきである。秋の夕べ、龍田川に流れる紅葉を、帝は錦とご覧になり、春の朝、吉野山の桜は、人麻呂の心には雲かと思われた）

奈良に都があった頃の歌の理想の時代が描かれる。

ここで、「よしのの山のさくら」に注目したい。『万葉集』では、大海人皇子《おおあまのみこ》の歌で雪の名所として知られた吉野が、新たに桜の名所として認定され、龍田川の紅葉と対をなす、代表的な美の記号となったのである。もともと吉野山は桜の山ではなく、あとから桜が植林されたのだ。壬申の乱で大海人皇子（のちの天武天皇）がこもった雪の吉野は、天皇親政の聖地だった。雪が桜に変わることで、ある意味、今日までに至る文化表象としての天皇が創られたと言えよう。

しかし、不思議なのは、貫之が、人麻呂の長歌に全く言及しないことである。それればかりか、人麻呂は、まさに宮廷歌人として、公の歌を多く詠んだわけだが、そのことも無視されている。当時、『万葉集』がどのような形で読めたのかわからないが、草壁皇子《くさかべのみこ》や高市皇子《たけちのみこ》の挽歌のような人麻呂の代表的な公の歌が知られていなかったということがあり得るのだろうか。人麻呂は、決して、花や紅葉を愛でるだけの歌人ではなかったのであり、むしろ、貫之が述べる、公の場にふさわしい歌人そのものであったはずである。

察するに貫之は、公の歌など、初めから考えていなかったということであろう。大事なのは、絶対的な王権による美の宇宙の創造ないしは構築であり、それによって、人間の意識あるいは無意識までも支配するシステムを成立させることである。そこまで貫之が考えていたとは思わないが、行われたのはそのような事業であろう。そして、それは、直接政治に関わる公の歌などより、はるかに恐ろしい文化政策だったのだ。

〔天皇は〕むめをかざすよりはじめて、ほととぎすをきき、もみぢををり、ゆきを見るにいたるまで、又つるかめにつけて、きみをおもひ、人をもいはひ、秋はぎなつぐさをみて、つまをこひ、あふさか山にいたりて、たむけをいのり、あるは、春夏秋冬にもいらぬ、くさぐさのうたをなむ、えらばせたまひける。すべて千《ち》うた、はたまき、なづけてこきんわかしふといふ。

（天皇は、梅をかざして遊ぶことから始まって、時鳥の声を聞き、紅葉を折り取り、雪を見るに至る四季の流れ、また鶴亀によせて帝を敬い、人をも祝い、秋萩や夏草を見て妻を恋い、逢坂山に来れば旅の安全を祈り、また、四季のうちにも入らないさまざまの雑歌をも撰ばせなさった。全部で千首二十巻、名づけて古今和歌集という）

季節の運行から、喜怒哀楽のすべてを、帝が歌を通して司ることが、明白に記されている。この美意識は、千年の余も日本の人々を縛り、現在までじゅうぶんに有効である。その核心に桜があるのだ。

桜文化体制の開始

『古今集』の春の部上の、最初の桜の歌は、撰者貫之の一首である。

　　人の家にうゑたりけるさくらの、花さきはじまりたりけるをみてよめる

ことしより春しりそむる桜花ちるといふ事はならはざらなむ　（巻一　四九）

（今年から、春というものを知って咲く桜の花よ、散るということは、知らずにいてほしい）

人の家に植えた桜の花が咲き始めたのを見て詠んだという詞書《ことばがき》にふさわしく、祝意がこもっている。いかにも辻褄は合うが、今読んでみると、まさに、王権による桜文化体制の開始宣言の響きを持つ。

おのれが花咲くことを初めて知った桜の花は、散るという未来の認識はまだ無いはずだ、そのまま、永遠に咲いてほしい、という真っ直ぐな願望が伝わってくる。

「ちるといふ事はならはざらなむ」のような、形式的論理は、幼稚な屁理屈として、正岡子規（一八六七―一九〇二）の『歌よみに与ふる書』（一八九八）による『古今集』批判以来、近代では評価が低かった。

しかし、現代人の私たちから見たら、どうだろう。私は、遺伝子の仕組みなどまるでわからないが、赤ちゃんの出生前の遺伝子検査まで普通に行われる世にあって、散るということを遺伝子に組み込まれていない桜が存在する可能性を、夢見る科学者がいないとも限るまい。詩が、そして芸術一般が現実に先行して真実を示す例は、枚挙にいとまがない。

それはともかく、この桜の登場の調べは愛らしく可憐だが、これが、以後千年以上現代まで続く桜の悲喜劇の序曲だったのである。

しかし、次の桜の歌は、見る人のない山の桜の伝統を守っている。

山たかみ人もすさめぬさくら花いたくなわびそ我みはやさむ　（巻一　五〇）
（山が高いので、眺めて愛でる人もない桜の花よ、気を落とすな、私が見て褒めてあげよう）

よみ人しらず、題しらずである。

険しい山を登って桜に逢おうという覚悟であろうか。おそらく、そのように読むべきではないだろう。桜の憂いを払い、人が眺めずとも美しく咲いてもらって、吉兆を得たいという、古代の呪的感覚の発現に近いようだ。まだ、吉野山の道にしるべを付けて、現実に未知の桜を探し求めた西行（一一一八―一一九〇）の時代には、三百年早いのである。

この一首は、『万葉集』に入っていても違和感が無いだろう。しかし、現在の『万葉集』には、こうして桜の機嫌を取るような歌は見当たらない。桜は、本来、人が見ることの少ない山の花であったが、だからといって、人に見られない桜の心情を忖度する歌は、在りそうで無いのである。

阿保山《あほやま》の桜の花は今日もかも散り乱るらむ見る人無しに　（『万葉集』巻十　一八六七）
（阿保山の桜の花は、今日にも散り乱れるだろう、見る人も無いままに）

春雨は甚《いた》くな降りそ桜花いまだ見なくに散らまく惜しも　（巻十　一八七〇）
（春雨はひどく降らないでくれ、桜の花をまだ見ていないのに、散ったら惜しいことよ）

散るのが惜しいとはうたっても、桜が孤独を嘆いていいようなどとは、万葉びとは考えていないのだ。

徐々に、桜を眺めて楽しむ風習ができてきたとはいえ、人目にふれない山の桜は、まだまだ人知の及ばない異界の霊力に満ちた存在であり、かりそめにも、同情するような戯れは言えない、畏敬の対象だったのではないだろうか。

このことは何を意味するか。「よみ人しらず」とは、誰か。実は、撰者である場合も想像できると言われるが、作者は貫之ではあるまいか。この一首は上手いのである。古調を見事に出して、桜の伝統的なイメージに添いながら、巧みに人間界に誘導している。その手際は並みではないのだ。

山ざくら我《わが》みにくればはるがすみ峯にもをにも立ちかくしつつ　（『古今集』巻一　五一）
（山の桜を私が見に来たら、〈意地悪な〉春霞が、峰にも山裾にも立ちこめて花を隠しているよ）

念を入れて、次も古風なよみ人しらずを配し、山の花である桜に寄せる人間の思慕をじゅうぶん響かせておいて、四首目にあっと言わせる。

そめどののきさきのおまへに花がめにさくらの花をささせたまへるをみてよめる

としふればよはひはおいぬしかはあれど花をしみれば物思ひもなし　（巻一　五二）

（歳月によって私は老いた、とはいえ、花〈の御身〉を見れば思い悩むこともないのだ）

文徳天皇の皇后であり、清和天皇の母である明子《あきらけいこ》（染殿后《そめどののきさき》）の父、摂政太政大臣藤原良房の一首。

外戚として頂点に立ち、摂関政治のもとを築いた人物の、力が抜けるほど素朴な述懐である。有名な、藤原道長の「この世をば我が世とぞ思ふ望月の欠けたることもなしと思へば」には、自身の傲りを意識した演技性があるが、良房の一首は、満足感をありのままうたっているのが、実に読者をいたたまれない心地にする。「それはそれは、おめでとうございます」としか、言いようがない。

もっとも、この染殿后は、絶世の美貌に恵まれたが、心を病み、治療した僧が后を見て恋に落ち、やがて鬼となって后と交わったという『今昔物語集』の説話で知られる。

事実は明らかではないが、心を病んだのはたしからしく、父良房も、心労の挙句にやっと清和天皇が無事即位して、「物思ひもなし」ならば、気持ちはわかる。

直後にぶつけられるのが、桜の歌の、歴史上、一、二を争う名歌である。しかも、作者は在原業平、父母ともに親王内親王という貴種であり、藤原氏の専横を深く憎む、放埒な大歌人だ。なんというしたたかな演出だろう。

渚院《なぎさのいん》にて桜を見てよめる

世中《よのなか》にたえてさくらのなかりせば春の心はのどけからまし　（巻一　五三）

（もし、この世に桜というものが全くなかったら、いつ咲くか、いつ散るかという、春の心を悩ます種もなく、のどかにいられるものだろうに）

いかにも業平らしい、大胆かつ繊細な反語表現でうたい上げつつ、どうしてこんなに愛してしまうんだろう、と吐息をつくところまでが見えるようだ。

「桜を見てよめる」とわざわざ詞書がついていながら、恋の歌のようにも読めるのが魅力である。

しかも、渚院とは、業平の親しく心を寄せる惟喬親王《これたかのみこ》の邸である。親王の母は、業平の妻と同じ紀氏の出身で、第一皇子でありながら、まさに染殿后明子の生んだ、のちの清和天皇のために、皇位に即《つ》くことができなかった。不遇の親王を思う者たちの、いわば反体制側の宴で披露されたものであろう。

貫之もまた紀氏である。二重三重の意味が桜の名歌にこめられている。

この歌の桜は、かつての村落共同体による農耕の祈りの花から転じて、「春」、「恋」、「女」、「夢」など、洗練された貴族社会が必要とするさまざまな観念の、絶対的な象徴となっている。この花びらに「百種《ももくさ》の言《こと》」がこめられているから、おろそかにするな、と娘子を口説いていなされた、『万葉集』の藤原廣嗣の言葉が的中するわけである。

「たえてさくらのなかりせば」という、宇宙全体を視野に入れた極大の反実仮想が暗示するのは、この歌の前に在った無限に近い桜への思いの集積である。つまり読者は、すでに、眺める花としての桜を愛する文化が何百年も続いており、桜が春の物思いの中心であることを、自明であるかのように読まざるを得ない。

業平は、特にそうした意図を持ったわけではなく、独特のスケールの大きい発想から、興の赴くままにうたっただけかも知れない。また、無意識には、桜が早く散るのを凶兆として怖れる古代人の尻尾が付いていたのかも知れない。しかし、初めての勅撰集に、撰者、よみ人しらず、最高権力者の歌のあとに、先行する時代の代表的歌人の作として、ここに一首が配されているのは、桜文化の礎石として、大きな意味を持つ。

仮名序で、六歌仙に厳しい批判を加えていた貫之だが、実は六歌仙とりわけ業平と小町の歌を巧みに使って、『古今集』の基礎を固めているのだ。

業平のあとは、また、よみ人しらずである。

桜の世俗化

いしばしるたきなくもがな桜花たをりてもこむみぬ人のため　（巻一　五四）

（山の石の上をたぎる急流の向こうに桜が咲いているのだろう。この滝がなかったらよいのに、向こう岸の桜の枝を折って、土産にするものを）

急流と桜の緊迫した取り合わせこそ美しいので、急流が無く、桜の枝だけを折って見せても、興趣は伝わるまい。あえて、無い物ねだりの面白さを狙う歌か。

しかも、古代的感覚は、まだ心の底にはじゅうぶん残っていたであろうから、呪性を帯びた桜とやはり霊力を持つ急流の景色は、美しいだけでなく、畏敬の念を起こさせたであろう。それを、機知でかわして、桜を世俗に馴染ませようとしたものか。

これもやはり、作者は撰者たちの誰か、中でも貫之ではないか、疑わしいところだ。すべて貫之の演出とは思わないが、よくできた展開であるのは間違いないだろう。

そして、素性法師《そせいほうし》（生没年不詳、九世紀頃）のよく知られる二首が来る。

山の桜を見てよめる

みてのみや人にかたらむ桜花てごとにをりていへづとにせむ　（巻一　五五）

（ただ見るだけで桜の花の美しさを人に語ってもわかるまいから、それぞれ折って土産にしよう）

花ざかりに京《きやう》をみやりてよめる

みわたせば柳桜をこきまぜて宮こぞ春の錦なりける　（巻一　五六）

（見わたせば柳の緑、桜の薄紅をとりまぜて、都は春の錦を織り出したようだ）

どちらも、後世の文芸に影響を与え、特に能や狂言にしばしば引かれる。自然保護の観点から、今日では、山の桜を折り取って土産にするなどとんでもないことになってしまったが、むしろ手折るのが風流であり、花盗人は優にやさしいとした美意識もあったのだ。前の、桜を折って帰りたいという一首から、つながる流れである。

山の桜のあとは、都の桜と、桜の舞台が広がる。当時の平安京の街路樹がうたわれている。秋に対する「春の錦」が眼目だが、現代では、「こきまぜて」の俗な言い回しのほうが、印象が強いだろう。私は、音の響きにどうしても抵抗があるが、桜文化の生成に寄与したという点では、落とせない一首である。

次は紀友則《きのとものり》の歌である。友則も撰者の一人だが、『古今集』の完成前に世を去っている。しかし、百人一首にも入っている、春歌下の「久方のひかりのどけき春の日にしづ心なく花のちるらむ」（六九頁参照）一首で、不朽の名を留めた。

さくらの花のもとにて、年のおいぬる事をなげきてよめる

色もかもおなじむかしにさくらめど年ふる人ぞあらたまりける　（巻一　五七）

（桜は色香も昔と同じに咲いているのだろうが、眺める自分は、すっかり年老いてしまったなあ）

しみじみとした述懐だが、「さくらめど」と、桜を詠み込んだ機知が『古今集』らしい味である。

そして、貫之の二首である。

をれるさくらをよめる

たれしかもとめてをりつる春霞立ちかくすらむ山のさくらを　　（巻一　五八）

（いったい誰が探し当てて折ったのだろう、春霞が立って隠しているはずの山の桜を）

歌たてまつれとおほせられし時によみてたてまつれる

桜花さきにけらしなあしひきの山のかひよりみゆるしら雲　　（巻一　五九）

（桜の花が咲いたようだ、山峡から白い雲が見える）

一首目は、いかにも『古今集』らしい機知の誇張表現である。二首目は、名歌として知られる、姿の美しい歌である。この「白雲」は、桜だと直接述べているわけではなく、一種の隠喩である。

寛平《くわんぴやうの》御時《おほんとき》きさいの宮の歌合のうた

みよし野の山べにさけるさくら花雪かとのみぞあやまたれける　　友則（巻一　六〇）

（吉野の山のあたりに咲いている桜の花は、雪かとばかり、間違えてしまうよ）

こののち、いやというほど詠まれる、桜を雪に見立てる歌だが、吉野は雪の名所とされていた常識が窺われる。仮名序では、すでに吉野の桜に言及されているわけだが。

なお、花を雪に見立てること自体は、すでに『万葉集』で行われている。ただし、花は梅である。

やよひにうるふ月ありける年よみける
さくら花春くははれる年だにも人の心にあかれやはせぬ　（巻一　六一）
（桜の花は、閏月で春がひと月増えたからといって、人の心が見飽きるまで咲いてくれるなんてことはありませんわ）

『古今集』の時代の代表的女流歌人伊勢である。

太陰暦のため、閏月が生じる年があるのを素材にした、機知の歌ではあるが、下の句の嘆息の深さに、伊勢らしい情感が出ている。

暦を司るのは帝王であるから、『古今集』巻頭の「年のうちに春は来にけり一《ひと》とせを去年《こぞ》とやいはむ今年とやいはむ」などと同じく、最初の勅撰集において暦の歌があるのは、きわめて自然かつ重要なことと思われる。

さくらの花のさかりに、久しくとはざりける人のきたりける時によみける

あだなりと名にこそたてれ桜花年にまれなる人もまちけり　よみ人しらず（巻一　六二）

（桜の花の盛りに、久しく訪れなかった人が来た時に詠んだ
すぐ散ってしまう薄情者と噂される桜の花ですが、珍しいおいでがあるまで咲いて待っていたのですよ）

返し

けふこずはあすは雪とぞふりなまし消えずは有りとも花とみましや　業平（巻一　六三）

（今日私が来なかったら、明日は雪と降っていたことでしょう、消えずにいたって、花とは見なかった、もう冷たくて、私の花ではなかったでしょうよ）

このやりとりは、『伊勢物語』十七段に見える。

特に女の歌は、のちに世阿弥《ぜあみ》の夢幻能の傑作『井筒《いづつ》』で、業平の妻、紀有常女《きのありつねのむすめ》の霊が業平の形見の衣と冠を着けて登場する時に謡われる。散りやすい本質に反して、ひたすら男を待つ桜は異様であり、畏れを呼ぶ（一五八頁参照）。

次のよみ人知らずを二首飛ばして、春歌上の最後の三首を見よう。

さくら色に衣はふかくそめてきむ花のちりなむ後《のち》のかたみに　紀有朋《きのありとも》（巻一　六六）
（桜の紅の色に衣を深く染めて着よう、花の散ったあとの形見として）

さくらの花のさけりけるをみにまうできたりける人に、よみておくりける
我《わが》やどの花みがてらにくる人はちりなむ後ぞこひしかるべき　躬恒《みつね》（巻一　六七）
（桜の花が咲いているのを見に来た人に、詠んで贈る
桜を見るついでに訪ねてくださるようなあなたですから、花が散ったら、もうおいでくださらないでしょう、その時にあなたが恋しくなるでしょうよ）

亭子院《ていじのゐんの》歌合の時よめる
みる人もなき山ざとのさくら花外《ほか》のちりなむ後ぞさかまし　伊勢（巻一　六八）
（見る人もない山里の桜よ、他の桜が散ってから咲いたらいいのに、そうしたら、みんなが見に来てくれるでしょう）

「さくら色に衣はふかくそめてきむ」の歌で、桜の文化が貴族社会の生活に浸透しつつあることがわかる。『源氏物語』や『枕草子』でお馴染みの桜襲《がさね》などの季節の服装も、まさに『古今集』の美意識から展開されたものである。

二首目は、社交的な皮肉だが、待つ女のような立場で詠まれているのが、興味深い。

さて、巻頭に次いで名誉の巻軸《かんじく》(巻の最後の歌)は、伊勢の一首である。本来山の花であった桜が、完全に都の花と認識され、山の桜が都の桜の下位に置かれているという、桜の文化による逆転が注目される。ここに、巻軸の意味はあったのであろう。桜のドラマの初演の序幕は見事に終わった。次は散る花である。

散る桜の美の準備

『古今集』春歌下は、散る桜という、ほとんど新しい美を提示する。満開の桜を農耕の吉兆とする感覚を半ば残していた『万葉集』では、散る桜は心を騒がすものではあったが、美を見出すことには、歌人たちは積極的ではなかった。

桜花時は過ぎねど見る人の恋の盛りと今し散るらむ　(『万葉集』巻十　一八五五)

(桜の花はまだ散る時期ではないが、見る人の花を恋う心が今、頂点だと感じて散るのだろう)

桜を擬人化したこのような歌はあるが、散る花そのものの美しさとは異なっている。ここには、まだ桜という呪的な花に対する畏敬の念が漂っている。

『古今集』春歌下は、よみ人しらず五首から始まる。巻頭は名のある歌人と思いきや、大胆な構成である。

春霞たなびく山のさくら花うつろはむとや色かはり行く　（巻二　六九）
（春霞がたなびく山の桜の花は、盛りを過ぎたのか、色が変わってゆくよ）

まてといふにちらでしとまる物ならばなにをさくらに思ひまさまし　（巻二　七〇）
（待てと言えば散るのをやめてくれるなら、桜ほどいとしいものは無いのになあ）

のこりなくちるぞめでたきさくら花有りて世中はてのうければ　（巻二　七一）
（残りなく散るからこそ桜の花はめでたいのだ、生きて果てに憂き目を見るこの世なのだから）

この里にたびねしぬべし桜花ちりのまがひにいへぢわすれて　（巻二　七二）

（この里に旅したまま寝てしまおう、落花の乱れに帰る道を忘れて）

うつせみの世にもにたるか花ざくらさくとみしまにかつちりにけり　（巻二　七三）

（この人間の世と同じだなあ、桜の花は、咲いたかと思うともう散ってしまった）

一首目は、先の『万葉集』の歌に近い。桜がそろそろ散ろうとしているのか、花の色が失せてゆくという擬人化はむしろ、より自然だが、その自然で抵抗の無い調べが、微妙に時代の新しさを感じさせる。とにかく、大きな景の一首目をさらりと読ませて、これから散る桜の歌が始まりますと予告しておいて、二首目と三首目は、桜の花が散ることの是非を論じる、観念的な問答歌になっている。

この問答の行方を読者は期待するが、案に相違して、四首目では、花に浮かされて日常からこぼれ落ちた風流人が登場する。家路を忘れさせる桜の魔力に、みなが恐れ入ったところで、五首目は、咲いたかと思うとすぐ散ってしまう桜の花は、無常の世によく似ていると、俯瞰的に総括する。

ここまで読むと、巻頭五首は、散る桜の哲学あるいは美学の準備過程のように思われてくる。

さて、最初に作者名が明かされるのは、貴人の歌である。在原業平と親しい関係にある悲運の皇子惟喬親王が、業平と同じく六歌仙の一人である僧遍昭《へんじょう》（八一六―八九〇）にうたいかけている。

僧正遍昭によみておくりける

桜花ちらばちらなむちらずとてふるさと人のきても見なくに　（巻二　七四）

（桜花よ、散りたければ散ってほしい、散らずにいたとて、旧知の人は見にも来ない）

わざと拗ねた言い方で、今が花盛りだから、見にいらっしゃいと誘うのである。

余談だが、このように言葉の裏に心をこめる、洗練された独特の言い回しは、日本社会のコミュニケーションの伝統として、今も機能している。その暗黙のルールを理解できず、字義通りに取ってしまう人間、あるいは端的に共同体の外部の人間にとって、ほとんど恐怖を誘うものである。

さくらちる花の所は春ながら雪ぞふりつつきえがてにする　承均法師《そうくほうし》（巻二　七五）

（桜が散るはなびらの集まるところは、春なのに、雪が降って、消えそうもない）

花ちらす風のやどりはたれかしる我にをしへよ行きてうらみむ　素性法師（巻二　七六）
（桜の花を散らす風の宿はいったいどこだ、訪ねて行って恨み言を言ってやろうではないか）

いざさくら我もちりなむひとさかり有りなば人にうきめみえなむ　承均法師（巻二　七七）
（さあ、桜よ、私もお前のようにさっと散ろう、これからまたひと盛りがあったら、かえって、人にそののちの惨めな姿を見られるだろうからね）

桜を雪に喩える歌は、このあと何万首、いやそれ以上詠まれたであろうが、「きえがてにする」（雪のようだが、実は花なので、消えにくそうである）という結句に、初々しい魅力がある。「風のやどりはたれかしる」は、いかにも『古今集』的機知と今日読めば片付けられそうだが、「我にをしへよ行きてうらみむ」に、意外に深い情念がこもっている。「いざさくら」は、桜と人生が重ねられる初期の典型的な歌だが、今後の「ひとさかり」を想定した上で、その後に惨めなところを人に見られるだろうという屈折した人生観は、私にはわかりにくい。なぜ、他人の目に映る姿がそう気になるのか。桜は、誰に見せるためでもなく散るのである。あなたも勝手に散ってくださいと思うのだが。

次が貫之の歌である。

あひしれりける人のまうできて、かへりにけるのちに、よみて花にさしてつかはしける

ひとめみしきみもやくるとさくら花けふはまちみてちらばちらなむ　（巻二　七八）

（一度会った人が訪ねて来て帰ったあと、花に挿してやった歌である

ひとめお会いしたあなたが来てくださるかと、桜が待っておりましたが、おいでくださったので、もういつ散っても本望です）

自分の心を花によそえて述べているので、主体は完全に人である。先に見た『万葉集』巻十の歌のように、桜が人間の心を察して、自ら散るのではないのだ。

対象化、客体化されてゆく桜は、もはや、上代の祈りの花ではなく、きわめて人間的な次元に在り、その限りにおいて、人々を強烈に惹き付ける美の記号となっている。

美意識の転倒と桜の哲学

山のさくらを見てよめる

春霞なにかくすらむさくら花ちるまをだにも見るべき物を　清原深養父《きよはらのふかやぶ》（巻二　七九）

（春霞よ、どうして隠してしまうのだ、桜の花は散るところだってゆっくり見たいのに）

この歌を万葉びとが読んだら仰天したのではないだろうか。散る桜の美をじゅうぶん観賞したいので、花を隠す春霞に文句を言うとは。仮名序に言う、力をも入れずして天地を動かす歌の一例と、貫之は言いたいのであろうか。

『万葉集』巻一の額田王《ぬかたのおおきみ》の歌（長歌に付けられた反歌）によく似た意味の有名な一首がある。

三輪山をしかも隠すか雲だにも情《こころ》あらなも隠さふべしや　（巻一　一八）
（なぜそんなに三輪山を隠すのか、雲だって、心を持ってわかってほしい、隠してよいものか）

六六七年に、都を大和から近江に移すに当たって、去る大和の国の霊に向かって鎮魂の儀礼として詠まれた長歌の反歌である。大和を代表する三輪山が雲に隠れて見えないと、鎮魂の思いが伝わらないことになるので、切羽詰まって雲に呼びかけているのである。

額田王の歌は、その霊力に、近江に遷《うつ》る王権の存亡がかかっていた。まさしく公的な歌である。

深養父の歌は、私的な歌だが、問題はそこにあるのではなく、本来祈りの花だった桜に対して、その美を十全に味わうために、霞を批判して戯れる価値の転倒にある。いわば、神聖な巫女が、世俗の女となり、男の目を楽しませるために舞うことを求められるような、禁忌の侵犯の感覚である。

霞は額田王の歌によって動いたかどうかわからないが、春霞は、深養父の歌でむっとして、いよいよ濃く立ちこめたかも知れない。

心地そこなひてわづらひける時に、風にあたらじとて、おろしこめてのみ侍りけるあひだに、をれるさくらのちりがたになれりけるを見てよめる

たれこめて春のゆくへもしらぬまにまちし桜もうつろひにけり　藤原因香《よるか》（巻二　八〇）

（気分がすぐれなくて病んでいた時に、風に当たらないようにと、簾をすっかり下ろしてひたすらこもっていた間に、桜の折り枝が挿してあったのが散りかけているのを見てこもったままで、春の行方も知らずにいる間に、待っていた桜も衰えてしまったよ）

病床にあって、家人が活けてくれた桜も、花が終わりかけている。繊細な感覚が伝わる。満開の桜ではなく、散りがたの桜、不完全な姿にこそ美を見出す意識の先駆的な段階である。

さて、少し飛ばして、散る桜の歌の代表的な一首を見よう。

久方のひかりのどけき春の日にしづ心なく花のちるらむ　　友則（巻二　八四）
（光ののどかな春の日に、なぜ桜の花は、落ち着いていないで散ってしまうのだろう）

意味は単純で、子どもが言いそうな無邪気な問いである。推量の助動詞「らむ」に呼応する疑問語が入っていないので、一見戸惑うが、全体を読めば、歌意は取れる。

しかし、この歌が提示している問いには、何とも答えることができない。それは、なぜ私たちは今ここにいるのか、どこから来てどこへ行くのか、という問いと等しく、存在の根源に関わるからだ。

桜の文化は、出発点に近いところで、これほど深い哲学的な問題を提出した。この歌を、どう本歌取りしても、本歌の持つ、簡潔かつ非情な問いを超えることはできない。しかも、先行世代の六歌仙ではなく、まさに『古今集』の同時代人である、撰者の一人の歌であることも重要である。

この歌には「花」とのみあるが、詞書で桜の花であることを明記している。まだ、「花」すなわち「桜」ではなかった、桜文化の初心の姿である。

散る桜は、農耕民の呪的な畏怖ではなく、貴族社会の生死の哲学を背負って舞う存在になった。今まで見てきた歌は、その一点に要約される。

春風は花のあたりをよぎてふけ心づからやうつろふとみむ　藤原好風《ふじわらのよしかぜ》（巻二 八五）
（春風は花のあたりをよけて吹け、桜が自分の意志で散るのかどうか見たいのだ）

雪とのみふるだにあるをさくら花いかにちれとか風のふくらむ　躬恒（巻二 八六）
（雪のように花が降るだけでもたまらない気持ちなのに、その上どんな激しい散りかたをさせようと風が吹くのだろうか）

山たかみみつつわがこしさくら花風は心にまかすべらなり　貫之（巻二 八七）
（山が高いので、私にはよく見られなかった桜の花を、風は思いのままにもてあそぶのだな）

春さめのふるは涙かさくら花ちるををしまぬ人しなければ　大友黒主（巻二 八八）
（春雨の降るのは涙ではないか、桜の花を惜しまない人はいないのだから）

さくら花ちりぬるかぜのなごりには水なきそらに浪ぞたちける　貫之（巻二 八九）

（桜の花が散った風の名残なのか、水の無い空に波が立って花が流れる）

友則の歌のあとは、きらびやかな、散る桜の美の饗宴といった趣になる。好風の一首は、花が自ら散るのなら、その意志に従おうとする、桜の美に殉じる心がうたわれる。ここでも、律儀に、桜の花であることが詞書に記されている。

躬恒の一首は、風に吹かれて花びらが舞い狂うさまを、被虐的感覚で暗示する。これにも、わざわざ「桜の散るをよめる」とあり、散る桜をうたうことが、新しい試みであって、歌人たちが緊張感をもって臨んだことが想像される。

貫之の「山たかみ」には、「比叡《ひえ》にのぼりて帰りまうで来てよめる」と、実地の作であることが示されている。貫之は、縦横無尽に、さまざまな桜の歌で、桜文化の骨組みを造っている。とぼけた雰囲気もあるが、山上で風にもてあそばれる美女のような、桜の被虐あるいは嗜虐的イメージが、ここにも見られることは興味深い。

一転して、六歌仙の一人、大友黒主の歌は、歌謡調であり、美意識より、「春さめのふるは涙かさくら花」という、現代の演歌を思わせるような、世俗の人情をうたっている。能『熊《ゆ》野《や》』に引用されたのももっともである。先鋭的な美意識の歌の中に、あえて、古風な一首を挟んだのは、息抜きでもあり、前後の歌を引き立てるためでもあっただろう。

そして、桜の歌の結びは、また貫之である。最後に、すぐれた修辞力を駆使して、花の散ったあとの残像の美を見事に描いた。

「水なきそらに浪ぞたちける」は、彫刻のような美しい表現であるが、上の句と直接の因果関係は無く、読者に想像の余地を残している。この下の句もまた、愛されて能に引用された。新たに、散る桜の哲学と美学を提示したところで、『古今集』の桜の歌は、一応終わるが、まだ、「花」の歌は続いている。再三見たように、『古今集』では、桜ならば詞書に明記されているので、ただ「花」とうたわれた場合は、桜と断定はできない。

しかし、どうしても、これは桜と読みたいような歌も何首かある。

小町と貫之の「花」の歌

『古今集』春歌上下の桜の歌を見てきたが、それ以外にも味わい深い桜の歌がある。まず、百人一首にも入っている、小野小町の有名な歌である。

花の色はうつりにけりないたづらに我身《わがみ》世にふるながめせしまに　（巻二　一一三）

（桜の花の美しさも長雨ですっかり衰えてしまったよ、虚しくも、私がこの男女の世にどう生きようか思い暮らしているうちに）

この「花」ばかりは、小町の美女伝説とも相俟って、桜の華麗と憂愁にふさわしい歌だ。「いたづらに」は、上下にかかり、小町の花の姿の衰えをも暗示する。

仮名序で、貫之は、小町の歌を、いにしえの衣通姫の流れを汲むと評したが、衣通姫こそ、最初に桜に喩えられた美女であった。これは、やはり、女の桜の名歌の最初である。

小町には、恋歌五に、もう一首の「花」の歌があり、これこそ桜ではなく、花一般であろう。

いろみえでうつろふものは世中《よのなか》の人の心の花にぞありける　（巻十五　七九七）

（色には見えずにうつろってゆくのは、恋する男女の心の花だったのだ）

激情ではなく、内省的に振り返っている。小町の人生を思わせる、冷徹で孤独な一首である。

また、貫之にも、春歌下に、忘れがたい「花」の歌がある。これが桜でなければ、一首の情趣は失われてしまう。

やどりして春の山辺にねたる夜は夢の内にも花ぞちりける　（巻二　一一七）

（旅の宿りで春の山辺に寝た夜は、夢の中でも桜の花が散っていたよ）

吹く風と谷の水としなかりせばみ山がくれの花を見ましや　（巻二　一一八）
（吹く風と谷の水がなかったら、深い山に隠れている桜の花を、どうして見ることがあろうか）

一首目は、そのまま一曲の夢幻能のようである。実際、能のみならず、後世の文芸に多くの影響を与えたと思われる。言葉はあくまで明晰でありながら、夢に散る花は妖しく美しい。二首目も、端正な作りで、反語の中に、人目にふれない花の、禁忌のような美しさを浮かび上がらせている。

この二首の山の花の神秘は、やはり桜のほかには考えられない。配列からしても、このあとは、藤の歌になるので、貫之が、それとなく自作の花の歌を入れて、桜のイメージを定着させようとしたのではあるまいか。

共通通貨としての桜

さて、今度は、季節の歌以外を見よう。
賀歌の部に、業平の型破りで有名な一首がある。

堀河大臣《ほりかはのおほいまうちぎみ》の四十賀《よそぢの》、九条の家にてしける時によめる

さくら花ちりかひくもれおいらくのこむといふなるみちまがふがに　（巻七　三四九）

（桜花よ、散り乱れよ、老いらくがやって来るという道がわからなくなるように）

四十（歳）の賀を催すことが普通だった、当時の寿命の感覚に驚くが、生物としては、現代が異常なのかも知れない。それはともかく、この一首は、賀の宴に集まった貴族たちを驚嘆させたであろう。

まず初句が「さくら花」である。桜といえば、はかなく散りやすいイメージからして、めでたい花とは言いがたい。二句が「ちりかひくもれ」散り乱れてどこもかしこもわからなくなってしまえ、とは穏やかでない。三句にとうとう「おいらくの」老いを擬人化した形である。四句の「こむといふなる」（老いらくの）来るという、これをいったいどう結ぶのかと、手に汗を握っていると、「みちまがふがに」道がわからなくなるように、すなわち、老いがやって来られないように、という鮮やかな結句で決まる。

『古今集』最大の、いや、歌の歴史上最大のスター業平の面目躍如といったところであるが、仮名序の項で述べたように、これと、人麻呂の「靡けこの山」（三八頁参照）を比較すると、あくまで人間の言葉に呪力をこめて、畏敬すべき自然に相対している人麻呂と異なり、業平の

「さくら花」は、初めから人間界の花であり、人間の心の中にのみ散り乱れる。言葉には相変わらず呪力があり、桜が持っていた古代的な霊力も消えたわけではないが、貴族社会に通用する美の通貨のようなものに変換されているのだ。桜の通貨は、さまざまな領域で流通した。

『古今集』離別歌の部には、次の三首がある。

山にのぼりてかへりまうできて、人々わかれけるついでによめる

別れをば山のさくらにまかせてむとめむとめじは花のまにまに　幽仙法師（巻八　三九三）

（比叡山に登って都に帰って参り、送って来てくださった方々とお別れした時

お別れはつらいが、山の桜の心次第にいたしましょう、花が美しければ、お引き止めしてもあなた方は惹かれてお帰りになってしまうでしょう）

雲林院親王《うりんゐんのみこ》の舎利会《さりゑ》に山にのぼりてかへりけるに、さくらの花のもとにてよめる

山かぜにさくらふきまきみだれなむ花のまぎれに立とまるべく　（巻八　三九四）

（雲林院親王が舎利会に比叡山に登ってお帰りの際に

山風が桜を吹いてはなびらが散り乱れてほしいものです、親王のお帰りの道がわからなくなって、

山におとどまりになるように）

ことならば君とまるべくにほはなむかへすは花のうきにやはあらぬ　（巻八　三九五）

（どうせなら、親王がおとどまりになるように、桜が美しく咲いてほしいものです、このままお帰ししては、花としても不本意ではありませんか）

一首目は、まさに桜に全権を委ねる形で、別離という事実に花のヴェールをかけている。

二首目は、作者遍昭が比叡山に住んでいて、親王を見送る立場である。業平の賀歌によく似た発想だ。

三首目は、また幽仙法師だが、今度は、逆に、花のプライドをくすぐるような擬人法で、別れの場を盛り上げている。

桜の美しさと散り乱れる最後とが、洗練された社交の通貨になるのである。どんな通貨にもリスクはあるように、桜にも、薄命や死を連想させる大きなリスクはある。だがそれゆえに、逆手に取ると、なまなかの挨拶でない極上の言葉の花になるのだ。

離別のうちでも、永遠の離別に際しての歌は、哀傷の部に収められる。

これは、『万葉集』と『古今集』との大きな差異のひとつである。『万葉集』では、挽歌すなわち死者を悼む歌の比重はたいへん大きかった。

特に、草壁皇子や高市皇子など、重要な皇族に対する挽歌は、長歌形式で荘重にうたわれた。一方、政治の犠牲者たち、たとえば有間皇子《ありまのみこ》や大津皇子《おおつのみこ》などの死に際しての歌や挽歌も収められている。死者の霊力を畏れたためであろう。

『古今集』では、挽歌が哀傷歌として矮小化され、政治の犠牲者たちに関わる歌は、全く見られない。菅原道真の歌はあっても、その左遷や死に関わるものではないのである。

しかし、この問題は、桜論の範囲では語ることができない。

哀傷歌から、桜の歌を引くにとどめよう。


深草の野辺のさくらし心あらばことしばかりはすみぞめにさけ　（巻十六　八三二）

上野岑雄《かむつけのみねお》の歌は、藤原基経の死を悼んで、桜に今年ばかりは墨染めの喪の色で咲いてくれというものだが、紆余曲折を経て仁明《にんみよう》天皇のことをうたったと伝えられ、能『墨染桜』のもととなった。

第四章　『枕草子』と人間に奉仕する桜

貴公子と桜

『枕草子』といえば、第三十七段に、

木の花は、こきもうすきも紅梅《こうばい》。
（木の花は色の濃いのも淡いのも紅梅が好き）

とあるのがよく知られていて、桜の立つ瀬はないようであるが、実はすぐあとに登場する。

桜《さくら》は、花《はな》びらおほきに、葉の色こきが、枝ほそくて咲きたる。

（桜は、はなびらが大きくて、葉の色が濃いのが、細い枝に咲いたのがいい）

紅梅のように無条件ではなく、好みが細かく限定されている。花びらが大きく、葉の色も濃いとは、紅い葉の山桜であろうか。しかも、枝の細いのがいいとは、胸の豊かな細腰の美女、というようなわけであろうか。紅梅に加えてのこの記述は、かなり濃艶な花の好みである。

同じ段で、橘を誉めて、

朝露にぬれたるあさぼらけの桜《さくら》におとらず。

（朝露に濡れた明け方の桜に負けないくらい）

と、引き合いに出されている桜は清楚な感じだが、これはごく一般的なイメージで、特に清少納言（九六六頃―没年不詳）らしいわけではない。

桜は、ほかにも登場するが、徹頭徹尾、人間のための花であり、自然性を一顧だにしない冷徹さが、むしろ、爽やかである。

第四段と第二十三段に共通するのは、瓶《かめ》に挿して室内に置かれた桜である。しかも、高貴な美しい人のそばにある、というのが必要条件だ。美しい貴人といえば、清少納言の場合、まず、主人である中宮定子《ていし》のゆかりの人々であり、とりわけ兄の伊周《これちか》だ。

おもしろくさきたる桜をながく折りて、おほきなる瓶《かめ》にさしたるこそをかしけれ。桜の直衣《なほし》に出袿《いだしうちぎ》して、まらうどにもあれ、御せうとの君たちにても、そこちかくゐて物などうちいひたる、いとをかし。

（格好良く咲いた桜の枝を長く折って、大きな瓶に挿したのこそお洒落である。桜襲《がさね》の直衣に出だし袿で、お客様でも、おん兄君方でも、花の近くに座って、中宮様と会話なさっているのがうっとりするほど素敵）

この第四段の美学の元になる第二十三段は、「清涼殿の丑寅《うしとら》の角《すみ》の」で始まる、宮中の描写である。

中宮が天皇のいる清涼殿に上がった時の居間の縁側の手すりのところに、青磁の大きな瓶を置いて、花盛りの長い桜の枝をたくさん挿してある。五尺といえば、百五十センチ以上、小柄な人ほどの丈であるから、桜は手すりの向こう側にも豊かに咲きこぼれているのだ。中宮の兄伊周は、天皇に遠慮して、花のもとの狭い縁側に座って定子と話しているのだが、出で立ちが素晴らしい。桜襲の少し着なれてやわらかくなった直衣で、下から袿を出した、貴人ならではの粋に着崩したお洒落である。瓶に挿した桜の枝は、伊周の美しさを引き立てる舞台装置なのだ。

よく知られるように、『枕草子』に描かれているのは、定子とその実家中関《なかの》白家の、いわば過ぎ去った爛漫の春である。父の道隆《みちたか》の逝去ののち、叔父道長《みちなが》が台頭して、定子とゆかりの人々は苦境に陥った。とりわけ兄伊周は、若さと未熟さから失脚して流罪となり、さらに逃亡して捕えられ、やがて赦されたが、雪辱を果たすことなく病没した。その無残な末路と定子の悲運に慟哭する作者があったからこそ、この第二十三段の伊周は、どんな桜よりも桜そのもの、春そのものでなければならなかった。堪えがたく苦しむ人間を荘厳するために、作者は桜を奉仕させた。

『源氏物語』の「紅葉賀」には、青海波を舞う光源氏のあまりの美しさに気圧《けお》されて見えた紅葉の挿頭《かざし》を、左大将が御前の菊に差し替える場面がある。『枕草子』のこの件とは、なんという文芸の位相の違いだろう。作り物語においては、超人的な主人公が、自然を圧倒するが、実人生と地続きの随筆では、生身の人間はあまりに弱いゆえに、自然に徹底的な奉仕を求めざるを得ない。

桜の造花のひそかな悲しみ

もうひとつ、『枕草子』の桜に関わる段で印象的なのは、長大な第二百七十八段である。これは、清少納言が、定子のもとに出仕して間もない頃、関白道隆によって行われた積善寺供養という、中関白家の栄華を象徴した仏教の盛儀に参列した折りの感銘を記したものである。結びには、現在の主家の没落を嘆く一文がある。

桜の話は、初めのほうに出てくる。

桜の一丈ばかりにて、いみじう咲《さ》きたるやうにて、御階《みはし》のもとにあれば、いととく咲きにけるかな、梅《むめ》こそただ今《いま》はさかりなれ、と見《み》ゆるは、造《つく》りたるなりけり。すべて、花のにほひなどつゆまことにおとらず。いかにうるさかりけむ。雨降《あめふ》らばしぼみなむかしと思《おも》ふぞくちをしき。

（一丈ばかりもある桜の見事に咲いているのが、きざはしのもとにあったので、「あら、ずいぶん早く咲いたこと、今は梅が盛りなのに」と見えたのは、造花だったのです。匂いまで本物そっくりなんて、どんなに細工がたいへんだったことでしょう。「雨が降ったら、萎んでしまうわ」と思うと心配でたまらない）

この盛儀に文字通り花を添えた桜は造花だったのである。匂いまでとは、関白家の威勢で細工を凝らさせたのであろう。雨が降ったら萎むだろう、と主家思いの作者は気を揉む。

やって来た道隆は、中宮に挨拶すると、上機嫌で、女房たちに洗練された冗談を言って笑わせる。得意の絶頂にいるのである。それもそのはずで、娘の中宮定子、妹の女院詮子《せんし》の行啓に加えて、勅使も毎日参上する晴れがましさである。

しかし、造花の桜はどうなるだろうか。

御前《おまへ》の桜《さくら》、露に色《いろ》はまさらで、日などにあたりてしぼみ、わろくなるだにくちをしきに、雨の夜降《よるふ》りたるつとめて、いみじくむとくなり。

（御前の桜は造花なので、露に濡れて色濃く風情が増すわけもなく、日に当たっても萎んで汚なくなってゆくのだけでも心配していたところ、ある夜、雨が降った。早朝に起きて行ってみると、もう見られた様ではない）

「泣《な》きて別れけむ顔《かほ》に心おとりこそすれ」

ここは清少納言の独白の台詞である。「桜花露に濡れたる顔見れば泣きて別れし人ぞ恋しき」

(『拾遺集』巻六　よみ人しらず)という古歌を引いて、「泣いて別れたという顔に比べると、この雨に濡れた造花の桜は、ぐっと落ちるわ」と呟く。それを中宮が聞いて目を覚まされる。

すると、突然、関白家のお邸のほうから、侍たちがたくさん来て、桜を曳き倒し、かついでこそこそ帰る。清少納言は、造花の見苦しい姿を人目にさらすまいとする、殿の配慮だとすぐ悟って黙っている。持ち前の才気で、気の利いた軽口のひとつも言いたいところだが、新参ゆえにでしゃばることができないのである。そこを、「花盗人」と咎めるほかの女房が出て来て、侍たちはあわてて逃げて行く。

清少納言は、何も言わずに部屋に入るが、殿のなさりようはさすがだと、感嘆している。

やがて、中宮が、花がないのをご覧になって、「花はどこへ行ったの? 花盗人という声がしたこと」と尋ねられる。女房が、「見届けたわけではございませんが、なにやら暗い中に白っぽい者がおりましたので、気がかりで、申しました」とお答えすると、中宮は「だといって、こんなにきれいさっぱり盗めるものかしら、関白がお隠し遊ばしたのでしょう」とお笑いになる。

中宮様がおわかりなら安心、と清少納言がいよいよ本領を発揮する。

「いで、よも侍らじ。春の風のして侍るならむ」

これは、中宮に空とぼけて申し上げた台詞である。「まあ、そうでもございますまい。大方「春の風」の仕業でございましょう」。「春の風」が花を散らすというのは、和歌の常套的な修辞である。

この機知を中宮が「まあ、そんな洒落たことを言おうとして黙っていたのね」と喜ばれ、また、そこに参上された関白が感心され、というふうに、話は『枕草子』によくある自画自賛に発展する。しかし、作者の悲痛な結びの言葉を読むと、これは、単なる自画自賛ではなく、中関白家の暗い命運を予兆するようで痛ましい。

されど、そのをり、めでたしと見《み》たてまつりし御ことどもも、今《いま》の世の御ことどもに見たてまつりくらぶるに、すべてひとつに申すべきにもあらねば、もの憂《う》くて、多《おほ》かりしことどもも、みなとどめつ。

（でも、当時、素晴らしいとお見上げしたご主人様のお家のおん有様も、今の世とお比べ申し上げれば、何もかもお変わりになってしまわれたので、まことに辛く不本意で、長くともすべてお書きとどめ申し上げたのです）

いつにない、憂いをあらわにした作者が、長大な回想を記した心を語っている。

一代の盛儀に、自然の花では足りず、造花の桜にまで奉仕を求めた道隆は、おのが身に天から享けた幸いを、使い果たしてしまったかのようである。

自然の桜は、真実の美ゆえにかえって、人間に奉仕してその弱さを守ってくれたが、人間が造った偽りの桜には、その力が無いのかも知れない。そして、清少納言ほど、美の真贋に鋭い人間も少ないのである。

第五章　『源氏物語』と桜が隠蔽するもの

桜の精紫の上

『源氏物語』では、幾つかの重要な場面に桜が登場する。

まず、光源氏が生涯の伴侶紫の上に出会う「若紫」の北山の桜である。次は光源氏失脚の原因となる、政敵の姫朧月夜との危険な恋が始まるその名も「花宴」の桜である。そして、老いた光源氏の若い正妻女三宮が柏木に垣間見られ、やがて密通に繋がる、「若菜上」の、光源氏の栄華の終わりを告げる桜である。つまり、光源氏の一生の大きな節目ごとに、桜が現れると言ってもいいだろう。

とりわけ、物語の女主人公紫の上は、あたかも桜の精のように描かれている。

気高《けだか》く、清《きよ》らに、さと匂《にほ》ふ心ちして、春のあけぼのの霞《かすみ》の間《ま》より、おもしろきかば桜の咲《さ》きみだれたるを見る心地《ここち》す。（野分）

（気高く美しく、さっと色が照り映えるようで、春の曙の霞の間から、見事な樺桜が咲き乱れているのを見るようである）

これは、光源氏の息子夕霧が、台風のあと、偶然に継母紫の上の美しい姿を見た時の描写である。季節は秋たけなわだが、紫の上は、時を越えた桜なのである。物語の最高の女性の美が表現されている。

紫の上は、常に最高の色である紫の衣裳をまとわされ、最高の花である桜に喩えられる。しかし、読者は、光源氏最愛の妻である紫の上が、実は「形代《かたしろ》」すなわち身代わりであったことを知っている。おそらく、紫の上自身はそのことを生涯知らなかった。

「若紫」で、いきなり、発作性の熱病に苦しむ貴公子として描かれる光源氏は、父桐壺帝の妃である藤壺女御に抑えきれない恋情を抱いている。病気はその隠喩としても読めるだろう。密通は、すでに行われたか否か、二通りの説があるが、いずれにせよ、光源氏と藤壺はここで情交し、藤壺は懐妊する。

巻の初めに戻ると、源氏は病気の治療のために、高徳の聖《ひじり》を尋ねて北山に来る。三月の末なので、都の花はみな散ってしまったが、山の桜はまだ盛りで、霞がかかった様子も、光源氏には新鮮で、心を惹かれる。

若紫は、貴公子の見馴れない「山の桜」、古代からの伝統に添ったイメージに重ねられている。人間の目にふれることのない、野生の桜である。実際、若紫は、野生のままの少女なのだ。しかし、行く末はさぞやと思われるほど美しい。

つらつき、いとらうたげにて、眉《まゆ》のわたり、うちけぶり、いはけなくかいやりたる額《ひたひ》つき、髪《かむ》ざし、いみじう美《うつく》し。「ねびゆかむさま、ゆかしき人かな」と、目《め》とまり給ふ。さるは、「かぎりなう、心を尽《つ》くし聞《きこ》ゆる人に、いとよう似《に》たてまつれるが、まもらるるなりけり」と、おもふにも、涙ぞ落《お》つる。（若紫）

（顔立ちがたいそう可愛らしく、まだ剃らない眉のあたりがほんのりとして、あどけなくかき上げている額の様子、髪の生えかたが、何ともいとおしい。大きくなったらさぞ美しくなるだろう、その将来を見届けたいひとだ、と源氏はじっと見入っていらっしゃる。というのも、この少女が、実は限りなく深い思いをお寄せ申し上げているお方に、非常によく似申し上げているので、自分は目が離せないのだ、と思うにつけても涙がこぼれる）

光源氏の紫の上への生涯の愛と、その本質あるいは限界が明らかにされる。少女は藤壺によく似ている。それもそのはず、山に育っている少女は、実は宮家の姫で藤壺の姪なのである。山の桜は、光源氏の視界にある。そして、力ずくで折り取られることになるだろう。

至高の花

だが、それより前、山を降りた光源氏は、宮中を退出した藤壺に逢う。描写は非常に短い。

いとわりなくてみたてまつる程《ほど》さへ、うつつとは思《おぼ》えぬぞ、わびしきや。（同前）

（やむにやまれない恋心でお逢い申し上げるひとときさえ、現実とは思われないのが寂しい）

現実感を持たないほどに、思いを尽くした逢瀬には、何の花の形象も無い。この禁忌の愛の苦しみを昇華させるために、源氏は、山の桜であった紫の上を手植えの花として、執着するのである。

最高の花であるはずの桜は、不可視の花、至高の花の形代なのだ。桜は、禁忌の花の存在を隠蔽するためのかりそめの花なのである。

「若紫」に続く「紅葉賀」と「花宴」は、ともに桐壺帝の治世の最後を飾る盛儀だが、物語の位相は二つの巻の間で大きく変わっている。

「紅葉賀」の藤壺は、光源氏との不義の子を宿して懊悩している。朱雀院行幸の前に、帝の配慮で、源氏のこの世のものとも思われない美しい舞い姿を見ても、秘密の恐ろしさに戦慄して感動に心を委ねることができない。悪夢を見ている心地である。

源氏は、なおも藤壺の心を求めてやまないが、藤壺は、源氏に生き写しの美しい皇子を生んで、一層、源氏へのひそかな慕情と罪の意識に引き裂かれる。

だが、「紅葉賀」の終わり近くで、いよいよ退位を考えた桐壺帝は、愛する藤壺の子を次の東宮に立てるために、後見として、藤壺を中宮とする。

「花宴」では、冒頭から、后藤壺が輝かしく描かれる。桐壺帝が催した、左近の桜の宴で、帝の左右に東宮のちの朱雀帝と藤壺中宮が座を占めるのである。源氏は、東宮の所望でほんのひとさし舞って見せるが、その美しさはまた人々を驚嘆させる。そして、藤壺中宮も、後ろめたさは覚えつつも、感動を抑えられず、一首の歌をひそかに詠んでしまう。后としてわが子を無事天皇の位につける使命を負った藤壺が、今や自分で自分の思いを認める覚悟を持つに至ったのである。

大《おほ》かたに花のすがたを見《み》ましかば露も心のおかれましやは　（花宴）

（光源氏の花のお姿を世間一般の心で見ることができたなら、つゆほども気が咎めずに、素直にお褒めしようものを）

御心の中《うち》なりけん事、いかでか漏《も》りにけむ。　（同前）

（中宮のお心のうちだけでお詠みになったお歌が、どうして漏れ伝わったのでしょうか）

作者が空とぼけて語るように、この一首は、藤壺の光源氏への愛の独白である。藤壺にとっては、源氏こそ「花」すなわち「桜」なのである。両者の力関係が明らかになる。后に立てられた今、藤壺には、「花」を見る主体性が備わっている。そして、もう、かりそめにも光源氏の視線に至高の花をさらすことはない。

桜を見ることは、権力の発現なのである。

藤壺と光源氏の愛は、ここに人知れず完成したと言えるだろう。だが、完成は同時に終焉でもある。互いの思いは絶えずとも、これ以後の二人は、むしろ、不義の皇子のちの冷泉《れいぜい》帝を守るための共犯関係に入ってゆくのだ。

桜の宴の夜、藤壺との逢瀬を求めて満たされない光源氏は、高貴な若い女の声を聴いて、これと契る。全編中でも最も魅惑的な女君の一人、朧月夜の登場である。能動的な視覚ではなく、より受動的な聴覚が「花」の存在をとらえている。

光源氏の青春が描き尽くされ、至高の花との愛が完成したからには、この情熱的な朧月夜との恋によって、源氏を別の次元に移行させるのは、物語の必然なのだ。

さて、「須磨」、「明石」の流離から、見事に復活した光源氏は、紫の上を始めとする女君たちを六条院に住まわせ、実の子冷泉帝の世に、准太上天皇というこの上ない栄華を極める（藤裏葉）。

藤壺への思慕はいまだに消えず、兄朱雀院の必死の懇願に負けて、秘蔵の皇女女三宮を六条院に迎えたのも、宮が藤壺の姪に当たることが最後の決め手だった。だが、未熟な宮を、源氏は愛することができない（若菜上）。

桜の復讐

うららかな春の六条院に、夕霧、その親友で、源氏の若き日のライバルだった太政大臣の長男柏木（衛門督《えもんのかみ》）、源氏の弟兵部卿宮などが参上する。隠居の身の所在なさを嘆く源氏は、若者たちに桜の咲く庭で蹴鞠をさせて、弟の宮と御殿の縁側まで出て眺めている。

趣深い庭に霞がかって、さまざまな桜がほころびかけ、柳が芽吹いている中に、遊びとはいえみなが負けまいと一生懸命だが、おつきあいでやっているようなのに、際立って巧いのは柏木である。美しく端正な貴公子が、それでもさすがに夢中で乱れた様子が魅力的である。見物の人々も、花を見るのも忘れている。現代のサッカーとは違うが、さぞわくわくする見ものだったのであろう。

もはや、花のもとに下り立つこともない源氏の老いと、あふれる精気を抑えられない柏木の若さ。物語は、栄華の崩壊に向かってゆく。

女三宮の御殿で飼われていた唐猫《からねこ》（舶来の猫である。シャム猫、あるいはペルシャ猫のたぐいか）が、悪戯をして、御簾の端を引っ張った弾みに、中が丸見えになってしまう決定的な場面である。

几帳《きちやう》のきは、すこし入《い》りたる程に、袿姿《うちきすがた》にて立《た》ち給へる人あり。階《はし》より西《にし》の二の間《ま》の東《ひんがし》のそばなれば、まぎれ所もなく、あらはに見入《い》れらる。紅梅《こうばい》にやあらん、濃《こ》き、薄《うす》き、すぎすぎに、あまた重《かさ》なりたるけぢめ、花《はな》やかに、草子《さうし》のつまのやうに見《み》えて、桜《さくら》の、織《おり》物の細長《ほそなが》なるべし。御髪《みぐし》の、すそまでけざやかに見ゆるは、糸《いと》を縒《よ》りかけたるやうに靡《なび》きて、裾《すそ》の房《ふさ》やかにそがれたる、いと美《うつく》しげにて、七八寸ばかりぞ、余《あま》り給へる。御衣《おんぞ》の、裾《すそ》がちに、いと細《ほそ》く、ささやかにて、姿《すがた》つき、髪《かみ》のかかり給へるそば目《め》、いひ知《し》らず、あてにらうたげなり。夕《ゆふ》かげなれば、さやかならず、奥《おく》、暗《くら》き心ちするも、いと飽《あ》かずくちをし。

（若菜上）

（几帳の際から少し入ったところに、袿姿で立っていらっしゃる人がいる。階段から西の二つ目の柱の間の東側なので、隠れようもなく、あらわに見入ることができる。紅梅襲であろう、濃淡次々に、幾重にも重なった色のグラデーションも華やかで、ちょうど草子の小口のよう、その上に桜襲の模様を織り出した細長を着ていらっしゃるようだ。御髪の裾まではっきり見えるのが、糸を縒りかけたように靡いて、裾のふさふさと切りそろえてあるのは、いかにも可愛らしく、お身の丈より七八寸ばかり長くていらっしゃる。お召し物の裾が余ってしまうほどに、小柄でほっそりしておいでの、お姿つき、髪のかかっていらっしゃる横顔は、言いようもなく気高く美しい。夕暮れの光の中なので、はっきりせず、奥のほうが暗いのも、物足りなく口惜しい）

なんと、女三宮は、高貴な身に似合わず、几帳から、ちょっと奥になっただけの端近《はしぢか》に立っていたのである。女房は唐衣と裳をつけるならわしなので、袿姿の軽装は女主人のしるしである。この時代の貴族の女性は、普通まず立つことはなく、いざるのであり、さぞかし健康にも悪かったであろう。それはともあれ、内親王という最高の身分の女三宮が立っていたとは、いつもながら、作者の周到な場面設定に感嘆する。実に映像的である。

まだ少女の宮は、蹴鞠が見たかったのだ。そして、宮をお守りするはずの女房たちも、蹴鞠が見たくて、大事なご主人様の危機に気づいた者はいなかった。

この千載一遇の機会を、かねてより女三宮に恋い焦がれていた柏木が、どうして逃すだろう。柏木は、貪るように見た。

紅梅に桜と、高貴な姫君が、春そのものをまとっている。

まさしく、「桜」はここに咲いているのだ。しかも、古代の山の桜のように、その美しさは、人に愛でられることなく秘められていた。夫光源氏が、愛の眼差しをなかば放棄しているためだ。柏木は、夕暮れの光が弱いのを口惜しがりつつも、桜を見尽くさずにはいられない。火のような眼差しが、宮の容姿ばかりか、心にも向かう。猫がひどく鳴くので、振り返って見る表情や所作が、いかにもおっとりして、若く愛らしい人とわかる。

最初は外側から宮の容姿を描写していた作者のカメラは、いつのまにか柏木の心に入り込んでいる。ぞくぞくするような物語の醍醐味である。

桜と蹴鞠と唐猫という取り合わせの妙は、物語を急転回させる作者の意図から選ばれたのであろう。三つとも人の意のままにならず、人を惑乱させる。

女三宮は、ガラス細工のような繊細な美少女で、真価を理解し、いつくしんでくれる夫に出会ったなら、どのように見事に開花したであろうかと、想像するだに痛ましい。

光源氏は、母を知らないせいか、若い頃から、じゅうぶんに手応えのある、自分をしっかり持った女性が好みである。紫の上や明石の君が典型だが、なよなよとたよりなげだった夕顔さえ、自分から源氏をそれと見て歌を詠みかけたし、受け身に見えながら男の心を引き寄せられる芯のある女性だった。

柏木に、今少しの器量があれば、あるいは光源氏の死を待って、宮を幸せにできたかも知れないが、若く、神経の細い破滅型の貴公子には、望めない話である。かねてより女三宮に恋慕していた柏木の執心は、この桜の蹴鞠の日に決定的になり、続く「若菜下」でついに二人は密通する。

紫の上と同じく藤壺の血を引く女三宮は、もう一人の桜の精、もう一人の形代となるはずだった。「野分」で夕霧が垣間見た紫の上の見事な優雅さと、「若菜上」で柏木に垣間見られた女三宮の不用意な未熟さが、まさに対照的に書かれているのもそれゆえだろう。

紫の上は、わが身を形代と知らないまま、純正な桜の精として、光源氏との非対称的な愛の生活に豊かな資質のすべてを捧げた。女三宮は、満開を待たずに散ったが、不義の子薫《かおる》を生み、父朱雀院の助けで出家を遂げ、光源氏の生涯に癒えることのない深傷を与えた。これは、自分の過去の罪が全く逆に光源氏にふりかかったとも言えるし、あるいは、形代として抑圧された、野生の桜の復讐であったかも知れない。

桜と至高の花がひとつになる時

紫の上の死後の「幻」巻では、光源氏は、春の花を見ても、春の女人であり、桜そのものだった紫の上の追慕に沈む。

源氏は幼い孫の匂宮《におうみや》と、紫の上が丹精した庭の花々を眺めている。さまざまな種類の桜や藤が、それぞれの花時を考えて植えられているので、絶えることなく花が咲き匂っている。紫の上の豊かで聡明な人柄を思わせる。そのうちの「樺桜」は、かつて紫の上を垣間見た夕霧が紫の上を喩えた花であるのも、読者には思い出深い。

「まろが桜」と匂宮は喜ぶ。孫に当たる宮をいつくしみ育てた紫の上が、住まいの西の対と、庭の紅梅と桜を宮に遺したからである。花が風に散らないように、木のめぐりに几帳を立てて囲ってしまおうという、幼い宮の言葉に、愁嘆の源氏も思わず微笑む。

世間にはわが子と思われている、女三宮が生んだ薫には、このように源氏の心は開けない。女三宮のもとに行くと、匂宮も女房に抱かれてついて来て、同じ年頃の薫と遊び始める。先ほどの言葉もどこへやら、花を惜しむ心もなさそうに子どもたちが走りまわるのを、やれやれ、と源氏は老人の疲れた眼差しで追うのだが、ここは、のちの宇治十帖を思うと、意味深長である。

匂宮が、桜を几帳で囲ってしまおうという子どもらしい思いつきは、宇治に人知れず美しい浮舟を囲う薫とそれを奪う匂宮との争いを逆に予兆するかのようだ。しかし、雪の日に宇治川の小島で匂宮に抱かれる浮舟は、桜の精ではなく、紫のゆかりもない〈白の女〉である。

花に故人を偲ぶ源氏に、「〔出家して〕春も来ない谷間におりますから〔花のたよりも存じませんと〕」という、女三宮の言葉に傷ついた源氏は、久方ぶりで、明石の君のもとを訪れる。これも、思えばずいぶんと勝手なものだが、たしなみ深い明石は、驚きをあらわにせず、優雅に奥ゆかしく振る舞う。その見事さに、また、この女君とは異なる紫の上の素晴らしさを思い起こすという、どうにも救われない源氏の心である。

源氏は出家の希望を述べるが、明石は押し留める。この怜悧な女人には、俗世を捨てきれない源氏の本質が見えているのであろう。そこで源氏は、昔から重ねてきた悲しみを語り始める。

「故《こ》きさいの宮のかくれ給へりし春なむ、花の色を見《み》ても、まことに、「心あらば」とおぼえし。それは、おほかたの世《よ》につけて、をかしかりし御有様《ありさま》を、をさなくより見《み》たてまつりしみて、さる、とぢめの悲《かな》しさも、人より殊《こと》におぼえしなり。みづから取《と》り分《わ》くところざしにも、物《もの》のあはれは、よらぬわざなり」。（幻）

（藤壺の女院がおかくれになられた春は、花の色を見てもまことに、心あらば、と思いました。それは、世の大方の目にもお美しいお姿を、幼い頃からお見上げ申し上げ、心にしみていたので、

お別れの悲しさも人よりことに感じたのです。人と人のもののあわれは、思いの深さだけで決まるわけではないのです）

思わず、「故《こ》きさい〔后〕の宮」と発語して、源氏はわれながらはっとしたであろう。藤壺崩御の春、「心あらば」と願ったことを源氏は明かしてしまう。「深草の野辺のさくらし心あらばことしばかりはすみぞめにさけ」（七九頁参照）という古歌の思いと同じく、至高の花が世を去った春は、桜も喪の色に咲いてほしかったという、痛切な慕情である。それを明石に悟られまいと、源氏は慎重に話を展開させる。藤壺の女院に幼い頃から親しんでいたことを語り、「人と人との仲というものは、ただ自分がその人を深く思っていることだけでなく、さまざまな要因があるものです」というふうに、やや強引に、「物のあはれ」に持って行ってしまう。そこから、少女時代から引き取って育て上げた、亡き紫の上に対する愛着を説明するのだ。

たしかに、この世俗的な明敏さを見ても、到底出家はかなわない源氏であっただろう。

しかし、紫の上の死後、最晩年の源氏が、藤壺を桜の歌を引いて語るのは感銘深い。すでに先立つ「薄雲」で、藤壺が世を去ると、光源氏は、二条院の桜を見て、花の宴のことを思い出している。紫の上を象徴する二条院の桜に、藤壺とのひそかな愛が完成した記憶を重ねているのである。

だが、続く「朝顔」で、源氏が紫の上に藤壺のたぐいない人柄の思い出を語ると、夢に藤壺の亡霊が現れて、秘密を洩らしたと源氏を責める。あるいはこの時、本当に紫の上も源氏と藤壺の密通に気づいたかも知れない。

藤壺、紫の上、二人の死を経て、ようやくかりそめの花だった桜は、至高の花とひとつになったのであろうか。

第六章　和泉式部と桜への呪詛

梅の精和泉式部

和歌の歴史に残る大歌人の中で、桜の歌がほとんど印象に残らない、珍しい一人が和泉式部《いずみしきぶ》（生没年不詳、十世紀頃）である。いかにも、自由で型にとらわれない和泉らしい。中世にもそのイメージは強かったと見えて、能『東北』のシテ和泉式部の霊は、梅の精に重ねられている。だが、面白いことに、能の中で謡われる歌は、和泉式部の作ではなく、『古今集』に収められている凡河内躬恒《おおしこうちのみつね》の一首である。

春の夜のやみはあやなし梅花色こそみえねかやはかくるる　（巻一　四一）

春の夜の闇は理が通らない、梅の花の色を隠しても香りを隠せるわけがあろうか、という『古今集』的な機知ではあるが、ゆったりした調べと相俟って、この歌が能の中で謡われると、実に馥郁《ふくいく》とした名歌である。見ているほうも、これで『東北』の和泉式部を実感するから不思議である。

さて、和泉式部の桜の歌に戻ると、もちろん王朝歌人として、和泉にも桜の歌はある。春になれば梅を詠み、やがて桜を詠む『古今集』以来の約束事である。

『和泉式部集』の上の春の部には、たとえば梅と桜の次のような歌がある。いずれも『後拾遺集』に採られている。

春はただわが宿《やど》にのみ梅咲《むめさ》かばかれにし人も見《み》にときなまし
（春は世界中で私の家だけに梅が咲いたら、遠ざかったあの人も見に来てくれるでしょうに）
我《わ》が宿《やど》の桜《さくら》はかひもなかりけりあるじからこそ人も見《み》にくれ
（わが家の桜は咲いても甲斐がないこと、主人の魅力次第で人も見に来るのですものね）

やはり和泉式部らしいのは、梅の歌である。「春はただわが宿にのみ梅咲かば」というエゴイズムの極は、下の句の切実な想いで、浄化され、和泉のひたむきな魂を垣間見せる。拗ねて見せた桜の歌では、下の句が一般化されて、和泉式部固有の深い思いが伝わって来ない。梅のように長く咲き匂う濃密な生命感が、和泉式部の歌にはふさわしいのであろう。桜は、いわゆる花見となると、和泉の本領である「個」あるいは「孤」の集中力を高める場が得られない。

のちの西行が、花見の群れを嫌い、自分のみが知る吉野の山深い梢の花を求めたのも、同じ心であっただろう。

だが、和泉式部は、出家流浪の道を、少なくとも記録に見える限りでは選ばなかった。世を捨てることがなかったのは、かたや戦乱に明け暮れる武士の世、かたや王朝の爛熟期という時代の違いがまず大きいが、和泉式部が現実生活にも、あふれるほどの生命力を持っていたことが想像される。

心の梅の香

人の、「今桜も咲きなむ」といへば
まさざまに桜も咲かむ見には見む心の梅《むめ》の香《か》をば偲《しの》びて
（『和泉式部集』）

（梅が散ってしまったのを嘆いている私を、人が、今に桜も咲きますよ、と慰めてくれたがそれはそうでしょう、梅よりもっときれいに桜も咲くでしょう、そうしたら私だって見るには見るわ、心の中の梅の香りを偲びながらね)

「心の梅の香」が、まさに和泉である。人の愛でる花ではない、わが心の花の香り、その官能を身に深く抱いている。

二月晦方《つごもりがた》に
たれにかは折《を》りても見せむなかなかに桜咲きぬと我に聞かすな　(『和泉式部続集』)
(二月末頃に
どなたに手折ってお見せする甲斐がありましょう、もう桜が咲いたとなまじ私に聞かせないで)

桜のいとおもしろきを見て
花見るにかばかり物《もの》の悲しきは野辺《のべ》に心をたれかやらまし　(同前)
(桜のたいそう見事なのを見て
花を見るだけでこんなに物悲しい心になるのですもの、誰が花盛りの野辺で心が晴れたりするものですか)

この二首は、恋多い和泉式部の生涯でも、おそらくは最高の恋人だった、帥宮敦道親王《そちのみやあつみちしんのう》への挽歌とされる一連にある。

桜が咲いたなんて聞きたくない、花盛りの野辺なんていや、と、まるで桜が愛する人の命を奪ったかのように、桜への呪詛に近い叫びである。

思えば、和泉式部と帥宮の恋を一人称で綴った『和泉式部日記』は、橘の香る初夏に宮の使いが和泉式部の家を訪れて始まり、和泉式部が宮の召人（主人の寵愛を受ける特別の女房）として南院すなわち宮邸に上がる冬までの九か月ほどで終わっている。桜の介入する余地はないのである。

南院入りしたのち、宮に伴われて、当時の文化人の筆頭藤原公任《きんとう》の白川の山荘を訪れ、挨拶として桜の歌を詠み交わしているが、それは、受領階級という中流貴族出身の和泉式部が、上流社会に交わるための方便に過ぎなかった。

桜への呪詛こそ、すぐれて独創的な恋の歌人和泉式部にふさわしい。

第七章　『新古今集』と桜の変容

『新古今集』という運命

『古今集』（延喜五年〈九〇五〉）と『新古今集』（元久二年〈一二〇五〉）の間には、三百年の隔たりがあり、勅撰和歌集も、後撰、拾遺、後拾遺、金葉、詞花、千載と六代を重ねている。『万葉集』（成立の年代は明確でないが、巻二十の大伴家持の最後の歌は天平宝字三年〈七五九〉）から『古今集』までのおよそ百五十年がそうであったように、『古今集』からの三百年は、運命的な時間であったように思える。

勅撰集は、個人の才能や意志だけでできるものではない。まず天皇または院が勅撰を命じられる状況に恵まれ、信任された優れた撰者が使命を全うしなければならない。そして、古人ばかりではなく、当代に、入集にふさわしい良い歌人が揃っていることが望ましい。

後撰から千載までの六代の集は、それぞれに特徴はあったが、王朝社会が総力を結集したという結果にはならなかった。

『新古今集』は、帝王歌人の随一である後鳥羽院の強い意志のもとに作られ、撰者は、源通具、藤原有家、藤原定家、藤原家隆、藤原雅経の五人であったが、最終的には、院の撰による親撰と言えるものである。

しかも、いったん完成したのち、院が承久の乱を起こして隠岐に流されるという非常事態に及び、院はなお、四百首を除いて隠岐本を作り上げた。

王朝文化の最後の光芒であることは、歌人たちにも予感されていたであろうか。院の立場で摂政太政大臣藤原良経が執筆した仮名序の、「みちにふけるおもひふかくして、のちのあざけりをかへりみざるなるべし」には、悲痛な切迫感がある。

巻頭から異様なまでに張りつめた格調の高さは、ほかの勅撰集にも無いものである。桜の歌も、もうあらゆる趣向は出尽くしたのちとて、実在の桜よりも不在あるいは非在の桜が好んで詠まれ、また、恋の記憶や予兆と複雑に配合された。

よし野山桜が枝に雪散りて花おそげなる年にも有るかな　（巻一　七九）

春歌上の桜の歌の最初は、この西行の一首（一三一頁参照）である。花を雪にたとえる技巧とは逆に、桜の枝に現実の雪が降っている。洗練をきわめた王朝の美学は、この現実の雪に、幻想の反照を見たのかも知れない。

百首歌たてまつりしに
いま桜さきぬと見えてうす曇り春にかすめる世のけしきかな　（巻一　八三）

文字通り、『新古今集』最高の巫女として高い調べを響かせた式子《しきし》内親王である。この一首は、比較的低い音域で、微妙なビブラートをかけている。「いま桜さきぬと見えて」は、助動詞「ぬ」を完了の意味で、今、桜が咲き始めた、とも取れるが、あえて強意として、今確かに咲こうとしている、と取るほうが、桜の開花直前の、ほのかな憂いを帯びた「春にかすめる世のけしきかな」にふさわしいのではないだろうか。
そして、後鳥羽院の一首に始まる春歌下は、『新古今集』の圧巻である。

釈阿《しやくあ》、和歌所にて九十賀し侍《はべ》りしをり、屏風に、山に桜さきたる所を
桜咲く遠山鳥のしだりをのながながし日もあかぬ色かな　後鳥羽院（巻二　九九）

（桜が咲いている、遠い山鳥のしだり尾のように長い長い春の日にも見飽きない色だ）

千五百番歌合に、春歌

いくとせの春に心をつくしきぬあはれとおもへみ吉野のはな　藤原俊成《しゆんぜい》（巻二　一〇〇）

（幾年の春に心を尽くしてきたことか、私をあわれと思ってくれ、吉野の花よ）

百首歌に

はかなくて過ぎにし方をかぞふれば花に物思ふ春ぞへにける　式子内親王（巻二　一〇一）

（何もないうちに過ぎてしまった歳月を数えれば、花に物を思う春があったばかり）

この三首の流れこそ、王朝和歌のたどり着いた至高の花のひとつであろう。ここには、現実の花は咲いていない。

後鳥羽院の一首は、釈阿すなわち俊成の九十賀の祝意をこめた歌である。百人一首にも収められた柿本人麻呂の「あしびきの山鳥の尾のしだり尾のながながし夜をひとりかも寝む」の本歌取りであるが、本歌がひとり寝を嘆く恋の歌であるのに対して、これは、遠い山の桜を飽かず眺める春のうららかな時空が大きくうたわれるのみである。意味性から解放された調べには、歌謡に通じるものがある。

俊成の一首は、いわば院の祝意に応える形で続いているが、「あはれとおもへみ吉野のはな」のおのれに執する情念の強さが独特である。ぎりぎりで嫌味にならないのは、達人の技か。あくまで生を肯定する懐の深さは、子の定家には引き継がれなかった資質である。

式子内親王の一首は、絶唱と呼んでいいだろう。「はかなくて過ぎにし方をかぞふれば」には、「いくとせの春に心をつくしきぬ」とは全く異なる、透明な孤愁があり、「花に物思ふ春ぞへにける」で、すっと紗幕が下ろされたように高貴な女人の姿は消えてしまう。能『羽衣』で天人が空に去って行く時のようだ。

額田王に始まって、小野小町、和泉式部など、歌の大きさや深さでは、優れた女のうたびとがいるが、透明感と高貴な神秘性では、式子内親王の右に出る者はない。それは、現実の高貴な身分とともにまた別なのである。

桜かざして今日もくらしつ

ももしきの大宮人《びと》はいとまあれや桜かざしてけふもくらしつ　（巻二　一〇四）
（宮廷の人々はひまなのだなあ、桜の枝をかざして今日も遊んでいたよ）

赤人が登場するが、『万葉集』を読んでいる人は驚くはずだ。この歌は『万葉集』では、作者未詳で、しかも、のんびりと大宮人がかざしていたのは、桜ではなく梅だったからだ。古歌さえ、共通通貨の桜に切り替えられたのである。

花にあかぬ嘆きはいつもせしかども今日の今夜《こよひ》に似る時はなし　在原業平（巻二　一〇五）
（花はいつ見ても見飽きることがないが、今日の今宵ほどの美しさはほかにない）

『伊勢物語』二十九段に、「むかし、春宮の女御の御方の花の賀に、召しあづけられたりけるに、」という詞書だけで記されている歌である。春宮の女御、すなわち二条后藤原高子《こうし》は業平のかつての恋人として知られる。花と后を重ね合わせた男の魂を絞るような言葉は、いかにも業平にふさわしい。史実は謎であるが、いつもながら、大胆不敵な業平である、と読んでおこう。

千五百番歌合に
風かよふ寝覚《ねざめ》の袖の花の香にかをる枕の春の夜の夢　（巻二　一一二）

（風が吹き通る目覚めの袖に残っている花の香は、春の夜の夢を見た枕の移り香）

『新古今集』を代表する女流歌人のひとり俊成女《しゅんぜいのむすめ》（俊成の孫で養女）の、何とも妖しく美しい一首である。本歌取りが繊細なコラージュの段階に達しており、断片と見える世界のひとつひとつに、作者の思いが通っているのが身上である。

春の夜の夢で恋人に逢い、その移り香が目覚めても残っている、今の私は、まだ夢を見ているのか、それともうつつか、という、縹渺《ひょうびょう》とした世界で、『新古今集』が辿り着いた美意識の結晶とも言える。

題詠の面白さは、虚構の中に隠された真実が表れることである。無意識の領域が浮上するのであろう。歌は艶にはなやいでいるが、俊成女は、別れてのちも夫を想い続けたひとであった。春の夜の夢の裏側には、独り寝の哀しみがあった。

摂政太政大臣家に、五十首歌よみ侍りけるに

又《また》やみむかたののみのの桜がり花の雪散る春の明《あけ》ぼの　（巻二　一一四）

（再び生きてみることがあろうか、交野のお狩り場の桜狩りで、花の雪が降る春のあけぼのを）

これこそ、老い木の花、俊成晩年の名歌である。『伊勢物語』八十二段、惟喬親王の別業があった交野の渚の院で、業平、紀有常などが、親王を囲んで桜狩りに興じたことを踏まえる。「花の雪」など、見慣れた修辞に感涙を催させるまでの力があるのは、ひとえに「又やみむ」の初句切れの強さであり、そこに境涯を深く匂わせながら、西行のように人間そのものではなく、『伊勢物語』というような文芸の中から立ち上がる生の真実があるのが、俊成独特の魅力である。

現代でも非常に人気のある西行、そして高名な定家と比較すると、俊成の歌の良さは忘れられがちである。しかし、いずれもひとつの極である西行や定家と異なり、和歌という朧な存在の核心を抱いていたのはこの老大家だったのかも知れない。

山里にまかりて、よみ侍りける
山里の春の夕暮《ゆふぐれ》きてみれば入相《いりあひ》の鐘に花ぞ散りける　能因法師（巻二　一一六）
（山里の春の夕暮れにやって来たら、入相の鐘が鳴るとともに桜の花が散った）

寂莫とした風景である。詞書は実景のようだが、題詠であるという。鐘の音と散る花の呼応が面白い。

後世、能『道成寺』に、初句を「山寺の」とした形で引用され、不朽の命を保つことになった。歌の運命は不思議議である。

さて、『新古今集』は、散る桜、そして花の去ったのちこそが見せ場である。

五十首歌たてまつりし中に、湖上（ノ）花を

花さそふひらの山風吹きにけりこぎ行く舟の跡みゆるまで　（巻二　一二八）

（花を散らそうと誘う比良の山風が吹いたのね、はなびらでいっぱいの水面を漕いで行く舟の跡が見えるほど）

関路（ノ）花を

あふさかや梢《こずゑ》の花を吹くからに嵐ぞ霞む関の杉むら　（巻二　一二九）

（逢坂、梢の桜を吹くものだから、嵐が花の色に霞むその関の杉の群れ）

二十歳前後で逝ったと思われる天才少女宮内卿《くないきよう》の二首である。

一首目は、落花に覆われた琵琶湖の水面を、「こぎ行く舟の跡みゆるまで」と逆の位相から表現した才気に驚嘆する。

二首目は、「嵐ぞ霞む関の杉むら」に、やはり新鮮な言葉の力がある。

後鳥羽院の期待を受けて、おそらくは恋らしい恋も知らず、純粋に歌の中だけに生きた歌人である。先に引いた俊成女と並び称されることが多いが、俊成女は、『新古今集』の歌人たちがほとんど没したのちまで生き、定家が単独で撰をした『新勅撰集』を批判するなど、晩年まで高い詩精神を保ち続けた。

ともに、歌がある限り、名は残るが、生きること、詩歌を詠むことの意味を考えさせられる歌人の一対である。

最勝四天王院のしやうじに、吉野山書きたる所
み吉野の高ねの桜ちりにけり嵐もしろき春のあけぼの
後鳥羽院（巻二　一三三）
（み吉野の高嶺の桜は散ってしまった、春のあけぼのの嵐も花びらで白く見える）

歌柄の大きい立派な一首だが、先の宮内卿の歌と共通する発想である。「嵐もしろき」は斬新だが、発表は院のほうがあとだ。私が宮内卿なら、ずるいです、真似しないでくださいと言いたいが、専制君主に対しては、誰も沈黙するほかなかったのであろう。

歌は本歌取りされて、あとの作のほうが良ければそれまでであり、現代でも基本的には同じ

だが、特に優れた独創的な表現は、「主《ぬし》ある詞《ことば》」として、模倣が許されなかった。宮内卿の「嵐ぞ霞む」も後年そうなった。それでも、「嵐もしろき」は、また別であろうか。

この「吉野」には天皇親政を欲する院の意志がこめられているというが、呪いとしてはあまりに明るい歌である。

千五百番歌合に

桜色の庭の春かぜ跡もなしとはばぞ人の雪とだに見む　（巻二　一三四）

続いて絶妙のタイミングで定家が来る。もう春風に舞う花びらさえ無いのである。事は終わった。人が訪ねて来たら、雪が積もったと思うだけだろう、と無残に花を斬り捨てている（一五〇頁参照）。「嵐もしろき」など、せっかくの見立ての面白さが吹き飛んでしまいそうな冷徹さだ。

これが、個人の集ではないアンソロジーを読む愉しさである。まして、後鳥羽院と定家という、日本の文学史上にもたぐいない王者と天才の互いに一歩も引かない闘いを想像すると、行間のドラマに心が躍る。しかし、最終的には院が目を通すから、ここの配列も承知の上で、置かれたものであろう。

少し飛ばして、今度は、隠岐の院にも忠誠を尽くした、人格円満な家隆の歌を見よう。

五十首歌たてまつりし時

桜花夢かうつつかしら雲の絶えてつれなき峯の春風　（巻二　一三九）

（桜が咲いていたのは夢かうつつか、白い花の雲が消えて、ただ無常の春風ばかりが峯に吹いている）

『新古今集』の桜の歌のうちでも屈指の名歌であるが、周囲に強烈な個性の歌が並んでいるので、さほど目立たない。家隆の歌は、言葉のバランスがよく取れていて、どこかが突出した感じを与えないことも関わっているだろう。しかし、芯の強い、侮りがたい歌人である。『古今集』なら、躬恒の役回りか。

極北へ

もう全く花の季節が過ぎ去ってからも、歌人たちは、執拗に桜を詠む。

残春の心を

吉野山花の古郷《ふるさと》跡たえてむなしき枝に春風ぞ吹く　（巻二　一四七）
（桜のふるさとのような吉野山さえ、もはや花のあとは絶えて、むなしい枝に春風が吹くばかりだ）

早世する運命をこちらが知っているせいなのか、良経の歌は「花の古郷」、「跡たえて」、「むなしき枝に」と、ひとつひとつの言葉が錐のように心に刺さる。安定した家隆の調べとは対照的に、良経の調べは、鋭く美しいが、どこかつんのめりそうに不安定である。定家の調べは、やはり鋭いが、下の句まで不逞な力がみなぎっている。

百首歌中に
花は散り其《そ》の色となく詠《なが》むればむなしき空に春雨ぞ降る　式子内親王（巻二　一四九）
（花は散って、もはや見るべき色とてない世を眺めれば、虚しい空に細い春雨が降っている）

玉の緒よ絶えなば絶えね、とうたった式子であるが、ここでは美しい絶望が玉のように投げ出されている。桜の歌の極北であろうか。

『新古今集』で絶頂に上り詰めた王朝和歌は、玉葉・風雅などの勅撰集に別種の達成を見ながらも、大勢としては滅びに向かう。私たちは、再びこの絶望の花を見ることは無い。

第八章　西行と桜の実存

西行のあとに生まれて

西行《さいぎょう》のあとに桜の歌を詠むことは無意味ではないのか。西行があまたの桜の秀歌を詠んだからではない。西行は桜の歌に限らず、歌でおのれを突き詰めて、今までに誰も詠んだことのない、「心」そのものをあらわにしてしまった。

同時代で、いちばんそのことを正しく理解したのは、おそらく藤原定家であっただろう。私は、西行と定家は、実は背中合わせに同じところにいるような気がする。そして、この二人を以て、歌は、一度終わったのだと思う。

「不可説の上手なり〈説き明かすことのできない歌の名人である〉」という、『後鳥羽院御口伝』の西行に対する手放しの賛辞は、歌人帝王の器量を示すものだが、西行の歌の本質が、極論すれば帝王たる身を危うくするものでもあることを、果たして院は悟っていただろうか。「心」の前には、帝王も将軍もないはずだ。

現代も西行と西行の歌を愛する人は多い。しかし、西行は、わからない人間であると思う。西行の歌は、平明に見えるが、言葉を追ってゆくと迷路のようでもある。少なくとも、西行さん、とやすやすと親しめるようなものではない。

西行は、なぜ出家したのか。なぜ歌に志したのか。なぜ花の歌を異常なまでに多く読んだのか。

すべてが謎である。ただ、私たちには、歌が残されているだけだ。そして、歌の中でも、花の歌は、異様に生き生きと匂っている。

西行がひそかに思慕を寄せていたと言われる待賢門院《たいけんもんいん》の面影を花の歌に見出そうとする人もある。たとえば、白洲正子は、『西行』でそのように読んでいた。

それが、あながち当たっていないとは思わない。しかし、それだけでは、西行の花の歌の妖しいまでの生気を説明するのはむずかしい。

花狂い

『山家集』「春歌」から、気になる歌を引いてみた。

春といへば誰も吉野の花をおもふ心にふかきゆゑやあるらむ
（春というと誰も吉野の花を想うのは、何か深いわけがあるのだろうか）

「春といへば誰も吉野の花をおもふ」と、当然のようにやわらかくうたい出されているのが、妙に気にかかる。春というだけで反射的に吉野の花というものを、美の記号として連想するのは、貴族社会ならば大半がそうであったろう。だが、誰も西行のように深く激しく花を思う人はいないのである。西行はそれがわかっていながら、あえて、「誰も」と読者を自分と同じ花の磁場に引きずりこんで、「心にふかきゆゑやあるらむ」と、誰も思ってもいなかった「心」の底を暗示する。

誰《たれ》かまた花を尋ねてよしの山苔ふみわくる岩《いは》つたふらむ
（花に逢いたい一心で吉野山の苔を踏み分け岩を伝って登って来る、私のような花狂いが、他にまたといるだろうか）

ここでは西行は、自分のような花狂いがほかにいないことをむしろ自負しているのだが、

「誰かまた花を尋ねて吉野山」の弾むようなリズムに、伴奏する見えない「誰か」が、反語の機能を越えて、立ち現れて来るようだ。花を求める西行の孤独が、一瞬分身の幻を垣間見せると言おうか。これは、むろん、深読みであり、誤読と言われても仕方ないが、西行の何気ない文体がふと読者を迷わせる。

わきて見《み》む老《おい》木は花もあはれなり今《いま》いくたびか春にあふべき
（とりわけよく見てやりたいよ、老い木は花にもしみじみした風情がある、これから幾たびの春に逢えるだろう）

一度だけ花の吉野に行った時、私もこのような老い木に出会った。素直に人情のままに詠まれているようだが、逆に、ここまでなだらかに順接で言葉を続けるのは容易でない。「花もあはれなり」とは、凡手には到底うたえない。ひねりが無さすぎて歌にならないのである。

吉野山梢《こずゑ》の花を見し日より心は身にも添はずなりにき
（吉野山、その天に近い梢の花を見てから、私の心は身にも添わずにあくがれ出てしまった）

これは西行の桜の歌のうちでも最高の一首と思う。言葉にひとつの無駄もなく、最短距離の叙述で、身を離れてゆく「心」をありありと現前させる。恐ろしい歌である。

あくがるる心《こころ》はさても山桜《やまざくら》ちりなむ後《のち》や身にかへるべき

（花に魅せられてあくがれ出る心は、山桜がちったあとは私の身に帰って来るだろうか）

自分の身を離れた「心」は、もはや自分であって自分ではない。それをうたう自分とは誰か。まさしく、自分とは他者なのであった。

花みればそのいはれとはなけれども心のうちぞ苦《くる》しかりける

（花を見ると何という理由はないのに、心のうちが苦しくてたまらない）

「そのいはれとはなけれども」は、いわば虚辞のようなもので、一首の意味上の重点は、下の句「心のうちぞ苦しかりける」にあるはずだ。ところが、調べ全体からすると、「そのいはれとはなけれども」の響きは大きい。あたかも、「そのいはれ」を、西行が知りつつあえて明かさないかのように聞こえる。

身を分《わ》けて見ぬ梢《こずゑ》なくつくさばやよろづの山《やま》の花の盛《さかり》を

（私の身を幾つにも分けてあらゆる山の花の盛りを、どの梢も逃すことなく見たいものだ）

分身の術を願うのは、すべての山の花の盛りを見ようという、現世の人間には許されない望みゆえである。ならば、死を願うのかと言えば、全く違う。死も、そして救いもない地点で、あくまで人間として西行はすべての花を見ようとする。それが西行にとっての人間というものだった。

花《はな》にそむ心《こころ》のいかで残《のこ》りけむ捨《す》てはててきと思ふわが身に

（花に染まるやわらかい心がどうして残っていたのだろう、何もかも捨てた私の身に）

「捨てはててき」は、出家という普通の意味より響きが強いので、「何もかも捨てた」と訳してみた。

白河《しらかは》の春の梢のうぐひすは花《はな》の言葉を聞《き》くここちする

（白河の春の梢の鶯の声は、桜が話す言葉を聞いているようだ）

鶯の声は可憐だが、花の言葉は、恐ろしそうだ。花の言葉を聞いてしまった人間は、もはや花に狂うしかあるまい。

ねがはくは花の下にて春死《し》なむそのきさらぎのもち月の頃《ころ》
（自分が願うのは、花のもとで春死ぬことだ、それも二月の満月の頃に）

おそらく西行の歌として最も世に知られた名歌であろうが、西行独特の文体のうねりは無い、わかりやすい歌である。この歌には、言葉が反転して初めて現れる「心」ではなく、もっと現実的な西行の自己愛があらわにうたわれている。

仏には桜《さくら》の花をたてまつれわが後《のち》の世《よ》を人とぶらはば
（仏には桜の花を供えてくれ、私の死後を人が弔ってくれるなら）

これは、自己愛ではあっても、「ねがはくは」とは異なる、西行らしい文体である。「仏には桜の花をたてまつれ」と、他者として投げ出された自分こそ、今生しかない「われ」なのである。

わび人の涙《なみだ》に似《に》たる桜《さくら》かな風身《かぜみ》にしめばまづこぼれつつ
（思いわずらう人の涙に似た桜だよ、風が身にしみるとまずこぼれ落ちるのだ）

上の句だけ読むと、感傷そのもののようだが、下の句の機知を含んだ比喩で、感傷が散る桜の実体とひとつになる。

吉野《よしの》山やがて出《い》でじと思《おも》ふ身を花《はな》ちりなばと人や待つらむ
（吉野山をこのまま下りないでいようと思う身なのに、花が散ったら都に帰るものと人は待っているだろうか）

「やがて出でじと思ふ身を」の響きの強さが中心であり、人恋しさに迷うような下の句は、上の句の強い意志を逆に照射しているようだ。

おぼつかな春《はる》は心の花にのみいづれの年《とし》かうかれそめけむ

（ふわふわと落ち着かないよ、春は心が花にばかり、いったいいつの年からこうも花にうかれるようになったのか）

一首全体がふわふわと異様な感じを与える。花に憑かれた状態であろうか。吉野で、似た経験をしたことがある。踏みしめても踏みしめても、足が地に着かないようなのである。しかし、それをうたうことはまた別である。「おぼつかな」の形容詞語幹の初句切れと「春は心の花にのみ」の主格の「の」の不安定さが、「いづれの年からうかれそめけむ」の内容に見合った調べをなしている。

吉野山さくらが枝に雪ちりて花おそげなる年にもあるかな
（吉野山は桜の枝に雪が散って花の遅そうな年だよ）

『新古今集』所収（巻一　七九）である。『新古今集』の絢爛《けんらん》たる修辞の中だと、この歌の現実が幻想を超えた非在の桜の美とも見えたが、『山家集』の一首として読むと、いつまでも花が咲かない春のような異様な不安が迫って来る。

吉野山こぞのしをりの道かへてまだ見ぬかたの花を尋ねむ
(吉野山に去年道しるべをつけたのと違う道を行って、まだ見ていない場所の花をたずねよう)

これも『新古今集』所収(巻一 八六)。吉本隆明は『西行論』で、『新古今集』に採られた西行の歌はいかにも平凡なものが多く、西行の特徴を表していない、と述べているが、私はそうは思わない。ことにこの一首は、西行でなくては詠めない世界である。「こぞのしをりの道かへて」という具体的な人間の行為が、「まだ見ぬかたの花」というもうひとつの宇宙を開くのは、凄まじい力業ではないか。

花を待つ心こそなほ昔なれ春にはうとくなりにしものを
(花を待つ心は今も昔のままだ、人の世の春にはとんと縁のない身になったが)

上の句はさらりとうたわれているが、「心こそなほ昔なれ」の低音には、底暗い妄執の響きがある。男の老いの荒涼を感じさせる。

あはれわれおほくの春の花を見てそめおく心誰にゆづらむ

（ああ、私が多くの春の花を見て花に染めたこの心を誰に遺そうか）

「誰にゆづらむ」は、反語であるほかにない。客体として見る「心」は、桜の血の紅に染めた、この世でただひとりの自分のものである。

吉野《よしの》山花の散《ち》りにし木《こ》のもとにとめし心は我を待《ま》つらむ

（吉野山の花の散ってしまった木のもとにとどめてきた心は私を待っているだろうなあ）

散った桜のもとに「心」を置いて来た自分は、「心」を持たない人間、まがうかたなき人でなしである。そんな自分をなお待つ「心」とは、何であろうか。

いかでわれ此世《このよ》の外《ほか》の思《おも》ひ出に風《かぜ》をいとはで花をながめむ

（何とかしてこの世を去ったのちの思い出に、風を気にしないで花を眺めたいものだよ）

「此世の外の思ひ出に」は、和泉式部の、百人一首にも採られた名歌「あらざらむこの世《よ》の外の思ひいでに今一たびの逢《あ》ふこともがな」をすぐ思い起こさせるが、西行の一首には、和泉式部の切迫感は無い。むしろ、のどかな下の句が、かえって、「此世の外」などあり得ないこの世だという無残な事実を伝えている。

うき世にはとどめおかじと春風《はるかぜ》のちらすは花を惜《を》しむなりけり
（憂き世にはとどめておくまいと、春風が花を散らすのは愛しているからだよ）

「春風のちらすは花を惜しむなりけり」ののびやかな言揚げこそ一首の主張であり、「うき世にはとどめおかじと」の理屈は虚辞に近い。春風と花の真の関係が、直観で把握されているのだ。

木《こ》のもとの花に今宵《こよひ》は埋《うづ》もれてあかぬ梢《こずゑ》を思ひあかさむ
（木の下の落花に今夜は埋もれて、いくら愛しても足りない梢の花を想いながら明かそう）

落花に埋もれて夜を明かすだけでも花狂いの極みなのに、なお「あかぬ梢を思ひあかさむ」とは、なんという狂気だろう。

ちる花を惜《を》しむ心《こころ》やとどまりて又《また》こむ春《はる》の誰《たれ》になるべき
（散る花を惜しむ私の心は、ここにとどまって、未来の春の誰の身に入るのか）

「誰になるべき」は、ここではあえて、反語ではなく疑問として取ってみたが、結果は同じである。西行の「ちる花を惜しむ心」が、ほかの誰かの身に入ったなら、その人はたちまち死ぬか狂うかしかあるまい。西行と「心」は、永遠に一対一の関係なのである。

春風の花《はな》をちらすと見る夢《ゆめ》は覚めても胸《むね》のさわぐなりけり
（春風が花を散らしていると見たら夢だったが、覚めても胸がさわいでならないよ）

これは、『古今集』の貫之の「やどりして春の山辺にねたる夜は夢の内にも花ぞちりける」（七四頁参照）の変奏の最終的な決定版と言えるものだが、現実の花は無く、ただ、さわぐ胸だけが花の存在の証しである。胸の内に花が在るのだ。

青葉さへみれば心《こころ》のとまるかな散《ち》りにし花の名残《なごり》と思《おも》へば
（青葉さえ見れば心が引かれるよ、散ってしまった花の名残と思えば）

「心のとまるかな」は、「心」が花を慕う蝶のように、青葉にとまった形象をいきいきと描き出す。

西行独特の文体を辿りながら読んでみたが、実に尋常でない花狂いである。恋の歌のようでもあるが、恋の歌よりおそろしい。おそろしい理由のひとつは、「花」によって西行の「心」が、西行という社会的な人格から外れて、あらわになり、やすやすと「身」から「あくがれ出る」からである。

たとえ、出家して世を捨てても、西行は一個の社会的な人格であり、「身」に「心」の具わった人間である。だが、その「心」が「身」から解き放たれれば、それはもう、どんな現世の制度にも属さない。

「魂」から「心」へ

しかも、西行は、およそ終生この「心」のみをうたったと言ってもいいほどである。

「あくがれ」をうたった歌人は、西行の前にもいた。和泉式部である。しかし、あくがれ出たのは、「心」ではなく「魂《たま》」であり、「花」ゆえではなく、男に忘れられた物思いゆえだった。

もの思へば沢《さは》のほたるもわが身よりあくがれ出《い》づるたまかとぞ見る　（『後拾遺集』巻二十）

これは、『和泉式部集』に無いので、真作ではないという説もあるが、私は和泉式部の歌として考えたい。和泉以外にこの歌が詠めた人はいないと思うからである。

この歌の「あくがれ」もまた、尋常ではない。これに対して、貴船明神の返歌が伝えられているように、この世の外に出てしまう危うさがある。

西行以前に、激しく物思うことにより、人間の「孤独」を初めて知った歌人はおそらく和泉式部であろう。だが、結果的に、和泉式部が王朝社会の爛熟を生き抜くことができたのは、社会にそれだけの寛容さがあったことと、もうひとつは、それが「恋」に発するものであったために、人間として受け入れやすかったことにもよるだろう。

しかし、西行の花狂いの「あくがれ」は、明らかにこの世の埒外と考えられるものである。このおそろしさを、人は、「数寄《すき》」や「風雅」という、社会的に認知された枠組みで理解しようとする。

だが、西行のおびただしい花の歌の狂気は、たとえば「見神《けんしん》」体験のような、社会的な日常を危うくするものであるように思われてならない。

歌に即して考えてみよう。

西行が詠む「花」は、『古今集』以来の観念としての桜ではない。「誰も吉野の花をおもふ」としても、「苔ふみわくる岩つたふらむ」とまでして、現実に吉野の花を見に行く者は、歌人でもほとんどいなかっただろう。

西行の「吉野」は、その点で現実の吉野であり、「花」も、現実の花であった。現実であるから、花の顔は木ごとに違う。今の染井吉野のようなクローンではないから、なおさらである。だからこそ、去年道しるべを付けておいた道をやめて、まだ見ていない花を求めるのであり、ひとつの「身」を幾つにも分けてまで、すべての「梢」の花を見尽くそうとするのである。「心」がわれ知らず、「身」を離れてあくがれ出るのも、ひとつの「梢」の花を見てしまってからだ。「梢」は、最も天に近く、人界に遠い。「梢」の花こそは、花の中の花なのだ。

だが、なぜ、そのように「花」を求めなければならないのか。花を見るとゆえなく「心」が苦しいと歌は告げるが、その奥の秘密は明かさない。

これほど西行が「心」を傷める「花」とは、まさしく西行が、ある年の春のある日ある時であった現実の花でありながら、それまでのどんな王朝和歌にもない超越的な存在である。

いや、むしろ、現実に、生きた西行が対峙した、生きた花であるからこそ、超越的になり得るのだ。

これは、生物非生物を問わず霊魂があるとする、アニミズムとは似て非なるものだと思う。私は先ほど、「見神」体験と書いたが、実際それに近い感覚である。室町時代に、西行と遊女の歌のやりとりをもとにした、能『江口』が作られ、西行ではない後世の旅僧が、遊女の霊に普賢菩薩の姿を見るのは、西行の特質を能作者が鋭く感じ取ったものであろう。また、能には、西行が夢の中で老桜の精と対面する『西行桜』がある（第十章参照）。

西行は、単独の「自己」として、超越的な花の「実存」に出会っている。人目にふれることもない、吉野山の木々の花は、それぞれに、西行の前に存在を開示し、声を聞かせ、涙を誘い、西行の「心」を虚空にいざなってゆく。

西行の「心」は、今これの世におのれひとり存在する、人間の意識である。「花にそめおく心」は、後の世の誰にも譲ることができない。一度きりの、西行だけのものなのだ。

この「心」が、目眩《めくるめ》く「花」ではなく、鏡のようなあるいは白刃のような「月」の実存に相対した時、西行は別の狂気を示す。

　　ゆくへなく月に心のすみすみて果《はて》はいかにかならむとすらむ　（『山家集』秋歌）

研がれて澄みわたる「心」は、もはやこの世にとどまりがたいものである。それを知るゆえになお、冴えてゆく月と西行は、生の境界で交わり合う。

「自己」の発見

心《こころ》なき身にも哀《あはれ》はしられけり鴫《しぎ》たつ沢の秋の夕暮《ぐれ》
（『新古今集』巻四　三六二）

『新古今集』で三夕の歌として知られる一首で、西行の「自己」のありようを考えてみよう。「心なき」は、風雅の道を知らないという卑下、あるいは出家して俗世の心を捨てたという前提、どちらとも取れるが、それだけの意味なら、「哀《あはれ》はしられけり」の大上段の表現が、これは若書きの生硬さとはいえ、いかにも仰山で辻褄が合わない。

下の句を見ると、鴫それもおそらく一羽ではなく、何羽かの鴫がぱあっと飛び立って、秋の夕ぐれの空間が大きく広がってゆく。歌の中の西行は、驚いたであろう。鴫は地味な保護色なので、沢の景色に一体化して見え、歌の中の主人公は、その静かな自然に没入して、「心」を委ねていた。その時、いることにも気づかなかった鴫が飛び立って、西行は、自然から切り離されたおのれ、今ここを生きるほかない「自己」の存在を悟った。その、根源的な人間の叫びが、「あはれ」であろう。

この西行の「自己」は、いわゆる近代的自我と呼ばれるものに近いだろう。しかし、有限の命を持ってこの世に在る人間である以上、西洋の近代が始まるはるか以前に、極東の一人の詩人が、それに気づいても不思議はないだろう。

西行第一の自賛歌とされる富士の歌にも、独特の「自己」は明らかに読みとれる。

風に靡《なび》くふじの煙の空に消えて行方《ゆくへ》もしらぬわが思ひかな（『新古今集』巻十七　一六一三）

（風になびく富士山の煙が空に消えてゆくのと同じように、行方も知らない私の思いだよ）

初句、三句、字余りを気にもかけず、大きくうたい上げて、自賛にふさわしい堂々たる一首である。では、次の一首と比べるとどうだろう。

もののふの八十《やそ》氏河《うじがは》の網代木《あじろぎ》にいさよふ波の行く方《へ》知らずも

柿本人麻呂（『万葉集』巻三　二六四）

（宇治河の網代木にたゆたう波の行方はわからないのだ）

『万葉集』巻三の名高い歌である。

一見してわかるように、西行の歌は、あくまでも、「わが思ひ」の行方を知らないのだが、人麻呂の歌では、波の行方、ひいては、この世の行方を知らないのである。

人麻呂の顔は見えない。高らかな上の句から暗く収束してゆく下の句に至って、この世に生きることへの茫漠とした古代の不安が迫ってくる。だが、一首は残酷なまでに美しい。

西行のほうは、この謎だらけの、破天荒な人間に、読む者がとうとう出会ってしまったような不思議な安らぎがある。「行方もしらぬわが思ひかな」と言いつつ、泰然と富士を眺める旅僧の姿である。おそらくは晩年の作であろう。

花にあくがれ、月に澄みわたる、いかんともしがたいおのれの「心」というものを、ありのままに富士の前にさらし、静かに終焉を迎えようとするかに見えるが、最後には、また別種の劇が待っていた。

「ねがはくは花の下にて春死《し》なむそのきさらぎのもち月の頃《ころ》」とかつて望んだ通り、一一九〇年二月十六日、七十三歳の寂滅を遂げるのである。西行への讃仰はいよいよ高まったというが、閉じられた瞼《まぶた》の下には、再び出会う桜の実存があったか、あるいは無か。

第九章　定家と桜の解体

梅のコレスポンダンス

希代の帝王歌人後鳥羽院にさえ、歌では一歩も譲らず、父藤原俊成とともに中世和歌を代表する大歌人定家だが、花すなわち桜の歌はあまり語られないのではないか。
定家の名高い花の歌といえば、桜ではなく梅の、『新古今集』にも収められた一首であろう。

大空は梅のにほひに霞みつつくもりもはてぬ春の夜の月　（巻一　四〇）

同じく『新古今集』所収の大江千里《おおえのちさと》「てりもせず曇りもはてぬ春の夜の朧《おぼろ》月夜にしく物ぞなき」（巻一　五五）の本歌取りだが、本歌のやや冗漫な調べに対して、定家の調べは、鋭く引き締まっている。「にほひ」は古代では照り映えるような視覚の美だが、嗅覚をも含んでいた。「大空は梅のにほひに霞みつつ」と、匂いをさらに霞に呼応させた、鮮やかな日本中世の〈コレスポンダンス（万物照応）〉で、定家の鬼才を余すところなく示すものだ。『新古今集』には、もう一首の梅の歌もある。

梅の花にほひをうつす袖の上《うへ》に軒《のき》もる月の影ぞあらそふ　（巻一　四四）

これは、匂いと月光の呼応だが、「にほひをうつす袖の上に」で、恋を暗示する妖艶さが加わる。感覚と情念の融合である。

この二首の素晴らしさに、定家といえば梅のイメージを持っていたのだが、実際には桜を愛好していたエピソードもあり、もちろん桜の歌も梅以上に詠んでいる。

異形の桜の歌

定家の家集、『拾遺愚草』を読み返してみると、さすがに定家らしい、異形の桜の歌が数多《あまた》見出せる。

いにしへの人に見せばやさくら花誰もさこそは思ひおきけめ
（この美しい花を昔の人々にも見せたい、昔もみな、そう思ってきたのだろう）

なぜ、いきなり、「いにしへの人に見せばや」なのか。定家の鋭敏過ぎる感受性は、美しい花がある現在の、過剰な輝きに堪えられないのだ。そこで時間を遡り、古人にこの輝きを手渡して、肉薄する桜から逃れようとする。そして、古人もまたそう思ったであろうと言う。終わりの無い桜のリレーである。

いまもこれすぎてもはるの俤《おもかげ》は花見るみちの花の色々
（今見ている満開の花のそれぞれの美しさは、花が過ぎても春の面影となって残るのだろう）

ここでも、定家は、今見ている満開の花をただそのままに受け止めることができない。花がすぎて面影となる日を夢想して、初めて愛せるかのようだ。

白雲とまがふさくらにさそはれて心ぞかかる山のはごとに
（白雲と見まがう桜に誘われて、私の心も雲のように山の端ごとにかかるのだ）

上の句はごく普通だが、「心ぞかかる山のはごとに」と、心が幾つにも分かれてゆくような表現が、花に向かう定家のただならない不安を伝える。

さくら花ちらぬこずゑに風ふれててる日もかをる志賀の山ごえ

（桜のまだ散らない花の梢に風がふれて、照る日の光も香る志賀の山越え道）

これは満開の桜だが、焦点は、花の梢から、風、照る日と移行して、最後は志賀の山越え道を行く架空の旅人に収斂する。「てる日」には、天照大神《あまてらすおおみかみ》の女体が隠れているだろう。すると、旅人すなわち想念の中の定家は、花の移り香に香る女神と出逢うことになる。これはひそかな欲望の表出か。

あくがれし雪と月との色とめてこずゑにかをる春の山かげ

（春の山蔭では、古人が憧れた雪と月の色をともに留めて梢が香っている）

中国古典の本歌取りである。だが、私はそれより、花を雪と月の色に変換せずにはいられない定家の心性に興味がある。より冷たく、より遠い存在として、さらに「色」一語に閉じ込めなければならないのである。

花《はな》のふちさくらのそことたづぬればいはもる水のこゑぞかはらぬ
（落花に埋もれた谷を、花の淵、桜の底と尋ねて行けば、岩から漏れる水の声だけが同じように聞こえてきた）

何とも不気味な歌である。「花のふちさくらのそこ」と、どこまでも下降してゆく定家は、未生の過去を訪ねているようだ。岩から漏れる水の声、それは母の羊水が揺れる音ではないのか。桜によって、定家は、存在の不安の源に行き着こうとしている。

そらは雪庭をば月のひかりとていづこに花のありかたづねむ
（空を雪が降るよう、庭は月が差すような、この景色のどこに花を求めればいいのか）

花を雪と月に変換する例のひとつだが、ここではさらに、花は存在を否定されている。

山桜心の色をたれ見てむいく世の花のそこにやどらば
（もしも山桜の幾世にもわたる花が付いたなら、花に寄せた人の心すべてを、いったい誰が見るというのか）

凄まじい奇想である。人の心を吸い込む花の恐ろしさが、時間軸を入れることで、破壊的に増幅される。いつの日か実現しそうな、マッドサイエンスの世界を思わせる。

のちもうし昔もつらし桜花うつろふそらの春《はる》の山かぜ
（桜の花が衰え、やがて春の山風に散ってゆく、ゆえに未来も過去も同様に憂鬱だ）

桜は、言いようの無い生の憂鬱を鮮やかに示すためだけに咲くのである。

いかにして風のつらさをわすれなむさくらにあらぬ桜たづねて
（どうやって、花を散らす風のつれなさを忘れよう、散らない桜すなわち、もはや桜でないものを求めて）

桜にして桜に非ず、という不死の桜は、言葉という、さらにはかない花にほかならない。

花の色をそれかとぞ思《おもふ》をとめごが袖《そで》ふる山の春《はる》のあけぼの
（桜の花の色がそうなのであろうか、憧れる天女が翻して舞う袖なのか、山の春のあけぼのに）

山全体が天女、桜がその衣という見立てか。定家としては特段の作でもないが、「花の色をそれかとぞ思《おもふ》」と花を別の次元に移すことが、まず必要なのである。花を花としてうたうことに、それほどの抵抗があるのか。

さくら花ちりしく春《はる》の時しもあれかへす山田をうらみてぞゆく
（桜の花が散り敷く春だというのに、不粋にも掘り返す山の田を、私は恨んで道を行くのだ）

桜の盛りが過ぎれば、そろそろ田植え時である。農耕に関する歌は、平安時代から見られるが、ここでは、本来農耕の祈りの花であった桜が、もっぱら賞玩の対象であり、桜のはなびらでいっぱいの田を、花などお構いなしに掘り返す農民を恨むという、本末転倒ぶりが面白い。「うらみてぞゆく」に、いかにも定家らしい、ねっとりした情念がこもって可笑しい。

あかざりし霞の衣たちこめて袖のなかなる花のおもかげ
（忘れられない花の面影よ、霞の衣が立ちこめるとその袖の中に隠れているようだ）

これは、ほとんど恋の歌である。別れた女、死んだ女を官能的にうたわせたら、右に出る者の無い定家だが、もはや散ってしまった「花のおもかげ」は、桜と女が渾然一体となって、ため息が出るように美しい。

桜色の庭の春かぜ跡もなしとはばぞ人の雪とだに見む
（『新古今集』巻二　一三四）
（桜色の春風が吹いて、花の散った庭には、足跡も無い、訪ねて来る人は雪とも思うだろう）

『新古今集』の桜の歌の中でも、際立って冷徹な一首である。「桜色の庭の春かぜ」と、わずかに色にその名をとどめた桜は、もはや熱い血を失って、死んでしまった。なきがらのように冷たい雪なのだ。

桜花さきぬるころは山ながら石間《いしま》ゆくてふ水の白浪《しらなみ》
（『拾遺愚草』）

（桜の花が咲いた頃は、山のすべてが岩間を行く水の白波に覆われたようだ）

全山に桜が咲き満ちた華麗な景色であるはずが、岩間をたぎる白波の苛烈な映像に置き換えられている。花の座を奪った水は、どこへ行こうとしているのか。悪夢のようだ。

ふかき夜を花と月とにあかしつつよそにぞ消《きゆ》るはるの釭《ともしび》

（夜更けまで、花と月に心を奪われている、その私の知らない彼方で春のともしびは消え、すべてが去るのだ）

凄い歌である。「よそ」とは、今ここでない、もうひとつの世界であり、本当の春、花、月は、その世界ですでに滅びようとしている、おそらくは本当の〈私〉も。塚本邦雄『定家百首』に採られている、塚本偏愛の一首である。「王朝和歌の「春」といへばあまたの名歌をおいてまづこの一首を思ひ浮べるのをつねとする」という執念ぶりである。

風かよふ花のかがみはくもりつつ春《はる》をぞわたるにはの矼《いしばし》

（風に散る花に、鏡である水は曇り、私はその水に渡した石橋、すなわち春そのものの上を渡っ

ているのだ）

「年をへて花のかがみとなる水はちりかかるをやくもるといふらむ」（『古今集』巻一　四四）という伊勢の本歌取りと思われる上の句だが、「春をぞわたるにはの矼《いしばし》」の大胆な飛躍がいかにも定家である。「春」が硬質な「矼」であるのも印象的で、それを渡ることは、「花」にくもった現実世界からの脱出、今ここでない「よそ」への出発であろう。

世のつねの雲とは見えず山桜けさや昔のゆめのおもかげ　（『拾遺愚草』）
（山桜が雲のように咲いているが、これはうつつか、いにしえの楚の襄王《じょうおう》が夢に見た、巫山《ふざん》の神女の面影ではないのか）

歌だけで典拠を知るのはむずかしい、無理のある歌だが、「けさや昔のゆめのおもかげ」の妖艶さは独特である。「世のつね」とは見えない山桜ならば、受容することができるという、まさに世のつねとは異なる定家の感覚なのだ。

わが来つるあとだに見えず桜花ちりのまがひの春の山風

（私がやって来た道の跡も見えない、春の山風に散る桜の花が私を惑わせる）

「桜花ちりのまがひの」には、当然、業平の「さくら花ちりかひくもれおいらくのこむといふなるみちまがふがに」が意識されているであろうが、業平の歌では老いらくがやって来る未来が桜の落花で隠れるのに対して、定家の歌では、いわば、自分の生きてきた時間的同一性が失われる。自分が誰なのかわからないわけである。

かくしつつちらずは千世もさくらさく野《の》べのいくかに春のすぐらむ

（こうしてずっと花が散らなかったら、桜の咲く野辺に幾日か過ごすうちに、千代の世が代わっているかも知れないのだ）

浦島太郎のような発想だが、桜の咲く現在をそのまま受け止められず、時間軸を操作しないではいられないのは、今まで見てきた歌と重なる。

西行と定家

まず、前提として、これらは、当時の歌人に一般的な題詠によるものであり、西行のように、実際に吉野山の桜を見て詠まれたというような作品ではない。すべて、『古今集』以来の伝統による、観念としての桜である。その上、本歌取りの技巧によって、歌から歌を、あるいは物語から歌を、と言葉が言葉を生む形で作られている。『新古今集』時代に極まった歌の方法だが、特に定家の技巧は華麗であり、本歌から飛翔する距離も大きい。

その結果、定家に目立つのは、桜そのものを自身から遠ざけようとするような歌の作りである。当然、何百年にもわたって多くの歌人たちが桜を詠んできたのだから、素朴に正面から花と向き合って新しい歌を詠むのは、西行のような特別の力業以外には不可能である。

まして、心身ともに鋭敏繊細な定家は、はるか前に西行の巨大な影を見て、自分にふさわしい道を模索したであろう。もちろん、定家は、歌の家御子左家《みこひだりけ》に生まれ、父俊成の指導や、主君に当たる摂関家の御曹司藤原良経との切磋琢磨で、おのずから独自の地位を築いてはいても、なお、貪欲に、西行の特質を見抜いてこれに匹敵するものを考えていたに違いない。

西行の章で、西行は桜の実存に相対したと述べたが、定家は、桜の実存の強度に堪えられない自身を知るゆえに、桜を絶対的な美と規定して、さまざまな次元で桜の美を解体しようとした。

解体の次元には、長い時間軸の中において相対化するもの、色として属性だけを分離させるもの、雪、月、あるいは、石、波などに比喩を使って転換するもの、恋の様態に絡めとるものなどがある。

時間の次元での解体の例は、「いにしへの人に見せばや」、「いまもこれすぎても」などが典型的である。古人と桜の美の衝撃を分かち合うことで、現在の不安から逃れる。あるいは、今咲いている花が散った未来の面影を想定して、現在の美を残像として相対化する。

巫山の神女の夢を持ち出した例など、本歌が重過ぎて、桜の枝が折れそうなほどの想像力だが、中国の故事の幻想性によって、生々しい桜の官能を、高度に文学的に処理している。

桜の美から、色だけを抽出した例は、『新古今集』所収のほか、何首もあり、「花」を「雪」と「月」の色に変換するのも目立つ傾向である。命を持つ、やわらかい花を、より冷たく、より遠いものに、変えなければならないのである。

また、水への変換も特徴的である。桜の咲いた山全体が岩間を行く水の白波に覆われる一首の不穏さや「花のふちさくらのそこ」という下降の表現など、桜をうたう定家は、生の根源に向かい、おのれの存在を疑わずにはいられない。

桜を恋人にたとえる時も、あるいは前世の宿縁であり、あるいは恋はすでに失われており、女はもう死んでしまったかのような、今ここに存在する桜すなわち女を、できる限り遠ざけようとする。これは、定家の恋の名歌、「かきやりし其《そ》のくろかみのすぢごとに打《うち》ふす程《ほど》は面影ぞ立つ」（『新古今集』巻十五　一三八九）にも共通する特質である。

また、落花の中で、今までの生の軌跡が見えなくなるのも、先に述べたように、桜をうたう定家がおのれの生の同一性を否定する端的な現象である。

ついに定家が生そのものの否定に向かうと、今ここでない、反世界としての「よそ」が現出する。「よそ」で「はるの釭《ともしび》」が消える時、私たちが生きているつもりのこの世界は、すでに滅びているのである。

定家は、桜の美にくずおれそうな、よるべない心を守るために、過剰なまでの修辞を駆使して、さまざまな次元で桜を解体しようとしているのだが、結果として、定家の根源的な生の不安が、桜を通して顕在化している。

言葉の「花」で幾重にも覆われた歌の中に、言葉ではない「花」に、相対して震える定家の生々しい「心」が透けて見えてくる。

その「心」とは、西行が生涯うたった、この世にただひとりの「自己」にほかならないだろう。

第十章　世阿弥と桜の禁忌

世阿弥の桜の能の不思議

世阿弥《ぜあみ》（一三六三頃―一四四三頃）の桜の能といえば、初期の能とされる『泰山府君《たいさんぷくん》』、狂女物の『桜川《さくらがわ》』、「上花」と自賛した『忠度《ただのり》』、そして草木物の大曲『西行桜《さいぎょうざくら》』が挙げられよう。『泰山府君』は、桜の延命を願う桜町中納言の祈りに応えて、道教の神であり万物の寿命を司る地獄の冥官、泰山府君が、桜の枝を折り取った天女を責め、桜の寿命を三倍に延ばすという、春爛漫をことほぐ趣の能である。

『桜川』は、母のためにみずから人買いに身を売った、桜子というわが子を尋ねて常陸国まで来た母が、花の名所桜川のほとりで再会を果たす。だが、曲の重点は、むしろ、掬《すく》い網を手にして、川に散る桜のはなびらを集めようと狂い舞う、若い母の官能的な美しさにあるだろう。

『忠度』は、修羅物であるが、世阿弥らしく、風雅な面が強い。歌人として知られる平家の武将薩摩守忠度の亡霊が、歌の師藤原俊成によって『千載集』に歌を採られたものの、朝敵ゆえによみ人しらずとされた無念を語り、岡部六弥太に討ち取られた最期を再現する。

『西行桜』は、その名の通り、西行をワキとし、夢の中に桜の精である翁《おきな》が現れて、西行と語り合う、閑寂の美を極めた大曲である。花見の人々に花と向かい合う孤独を侵されるのを、「花の咎《とが》」だと西行が歌を詠んだのに対して、老桜の精は、花の咎ではない、心の持ち方だと、反論して現れるのだが、対立はすぐさま融合に転じ、ともに春の夜を惜しんで消えてゆく。

さて、ここまで見て気づくのは、男女の性愛の要素が全く見られないことである。無論、現存しない作品中には、そうした曲があった可能性があるかも知れない。現代の作家と同列に論じることはできない。しかし、世阿弥作以外の桜の能として、平宗盛と愛妾熊野を描いた『熊《ゆ》野《や》』や、寺の鐘に恋の怨みを持つ女の亡霊が、白拍子となって現れる『道成寺《どうじょうじ》』のような曲を考えると、やはり不思議である。世阿弥の力量をもってすれば、桜にまつわる恋の能の傑作も、苦もなく書けたであろうと思われるからである。

ただし、『忠度』と並んで、世阿弥が「上花」と自賛した、恋の名曲『井筒《いづつ》』では、場面は秋であるにもかかわらず、後シテ紀有常女《きのありつねのむすめ》の霊は、愛する夫、在原業平の形見の冠直衣《かんむりのうし》を身につけて登場すると、「あだなりと名にこそ立てれ桜花年に稀《まれ》なる人も待ちけり」と、狂おしく謡う。

これは『伊勢物語』の歌で、「浮気《あだ》だという評判の桜だって、おいでもまれなあなたを待っていますよ」という「人待つ女」の心である。中世の『伊勢物語』の理解では、これも紀有常女の詠んだ歌とされていた。

しんしんとした秋の古寺に、「人待つ桜の女」の狂おしいまでの恋慕の声が響きわたる。やがて水鏡のうちに、シテが男と愛の合一を遂げるこの能は、世阿弥の夢幻能のひとつの頂点であり、桜の一首の効果は忘れがたい。

しかし、一曲としての桜と恋の能は、少なくとも、現在知られる世阿弥作には無いのである。

鍵を握る『泰山府君』

そこで気になるのは、『泰山府君』である。桜の延命を泰山府君に祈るというのは、田楽・念仏系統の伝承であろうと、折口信夫は、『翁の発生』で述べている。だが、こともあろうに天女が花を盗み、地獄の鬼に責められるという設定は、あまりに奇抜である。現代人から見ると、非常に隠喩的ではあるまいか。

金剛流の現行曲は後の改作だが、二〇〇〇年に観世流で、ワキ方福王流宗家福王茂十郎主催により、原題『泰山木《たいさんもく》』として世阿弥時代に近い上演が行われ、再演、三演と重ねられている。

天女の心を描く謡が興味深い。

天女自身が謡う「花枝《かし》眼《まなこ》に入りて春逢《あ》ひえず。花一枝《はなひとえだ》を手折らんと。忍び忍びに立ち寄れば〔中略〕折らばやの花一枝は人知れぬ。わが通ひ路の関守は。宵々《よひよひ》ごとにうちも寝よ（花の枝が目には見えながら春に契ることがかなわない。花一枝を手折ろうと、人目を忍んで立ち寄れば〔中略〕私の折りたい一枝は人に知られていない。この秘密の通い路の関守は宵には早く寝ておくれ）」。

地謡の「なかなか木陰は暗からねば。何と手折らん花心《はなごころ》。月の夜桜《よざくら》の。影あさまなり恥《はづ》かしや（なまじ木陰は明るいので、どうして手折ろう、花の心よ。月の夜桜に寄るわが影があさましく恥ずかしい）」。

これは、普通に読んでも性愛的なものを感じさせる詞章であろう。安易な深読みは慎みたいが、この曲と世阿弥の他の桜の能を考えると、桜を手折ることの禁止は、桜と恋の禁忌を暗示してはいないだろうか。

『桜川』と母の官能

その代わりと言うべきか、先に述べたように、母物の狂女能である『桜川』は、異様なまでに官能的である。若く美しい母が、世阿弥の絢爛たる修辞によって、川の流れに浮かぶ数限りない花びらを掬おうと狂乱する。

「年をへて花のかがみとなる水はちりかかるをやくもるといふらむ」（花を映す水は歳月を経て花の鏡となり、花が散りかかると鏡が曇るというのでしょう）」という、『古今集』の伊勢の歌（巻一　四四）を引いて、花盛りを過ぎようとする女の人生と桜川の場面とを巧みに重ね合わせた、世阿弥らしい出だしから、古代の木花之佐久夜毘賣《このはなのさくやひめ》にもさかのぼり、ついには、「いづれも白妙の花も桜も雪も波も」という、桜宇宙とも言うべき幻想が完成するところで、狂女は、求めるわが子が桜の花ではない、人間の子だと、危うく気づいて悲しむのである。

桜子という名前も、ここでは男の子だが、『万葉集』には、二人の男から思いを寄せられて死を選ぶ、「櫻兒」という娘がいる。恋の悲劇のヒロインの名前を、少年に転換したことは、中世の一般的な美意識でもあろうが、やはり世阿弥個人の特質も窺われる。

将軍足利義満の目に留まる以前、鬼夜叉と呼ばれていた猿楽の美少年世阿弥と母との、幸福な一体感が、ここには投影されていないだろうか。これは木の花、私が探し求めるわが子ではないと嘆き悲しむ母も、ついには無事桜子と巡り会うのである。その喜びは、泰山府君によって、桜の寿命が延びたためでたさともどこか重なる。

世阿弥の長男元雅《もとまさ》の傑作『隅田川』と比較する時、『桜川』の、母の胎内空間にいるようなほとんど夢幻的な安らかさは際立つ。花びらの流れる水は、永遠の羊水なのである。一方、かもめを都鳥となぜ呼んではくれないか、と異郷の水辺で狂乱する『隅田川』の母は、わが子が胎内には二度と帰らないのを、その子宮の孤独から予感しているようだ。早世を予感した、元雅の心象風景であったか、あるいは、役者・作者・理論家として、すべてに偉大な父の子であることが、母子関係に複雑な影を落としたか。

未完の芸術家忠度

次に『忠度』を考えてみよう。この能は、かなり異例な構造を持っている。

まず、ワキが普通の諸国一見の僧ではなく、源平の戦乱の時代の宮廷歌壇の指導者であった、藤原俊成の御内《みうち》の者すなわち家臣であり、俊成の死後出家して、西国行脚を志していると名乗る。

このワキの設定に注目し、さらに、忠度の人物像を『平家物語』と比較して、世阿弥が自身を投影した、芸術家の能である、というたいへん興味深い論考が、田代慶一郎『夢幻能』に収められている。たしかにこの異例のワキは、世阿弥の作意に大きく関わっているだろう。

田代も指摘するように、俊成が没しても、その子定家が、父以上の鬼才で歌の家をますます盛んにしているのであるから、主家を離れて出家流浪の身となる必要はないはずだ。

田代の説は、このワキは精勤のみを旨とし、歌の才能には恵まれない人物で、人間的に懐が深かった俊成ならともかく、芸術至上主義の定家では、一顧だにされないため、主家を出た、と解釈されていて、それも納得が行くのだが、私は、より定家の作風に引き付けて読んでみたい。

美意識が常に人間的感慨に裏打ちされていた俊成の作風と、白刃のように言葉を磨きあげ、言葉と言葉の新しい観念連合を求めてやまなかった定家のいわば当時の前衛短歌的作風とは、全く異質である。

俊成に、おそらくは幼い頃から歌の手ほどきを受けたワキにとっては、跡継ぎとはいえ、定家の歌は、わけのわからないものであっただろう。実際、若き日の定家の歌は、「達磨歌《だるまうた》」と、難解さを揶揄されていたのであるから、むしろ、俊成の教えを受けた者の内心の反発は強かっただろう。しかし、多くの者は新しい当主に従うほかはない。もとより、ひとかどの歌人として身を立てられるわけでもない人々である。その点、このワキはまだ若く、向こう見ずに主家を飛び出してしまったのかも知れない。

師と頼む俊成の逝去によって、すっかり風雅の道を捨てたワキの心境が語られる。とりわけ、この曲の核心である「花」すなわち桜さえも、「憂し」と言う、ワキの表白は過激である。

傷心の芸術家の卵らしいワキは、とうとう須磨の浦まで来たのだが、そこで、前シテの老人に出会う。ここで、シテはワキに須磨の一木《ひとき》の桜のことを教え、これはある人の亡き跡のしるしだという。

だが、ワキにはまだその意味するところがわからない。それは作劇上、仕方のないことだが、須磨の桜と聞いて反応が無いのは、俊成の弟子としてはいささか情けない。「須磨の若木の桜」といえば、『源氏物語』で知られる名物である。「源氏物語見ざらむ歌詠みは遺恨の事なり」とは、俊成の名高い警句ではないか。これでは、ワキの先師を慕う心も怪しいものだ。定家に反発できる段階ではない。

世阿弥は、そこまで周到に考えて、この奇矯なワキを造形したのかも知れない。

しかし、シテはそんなことは気にかけない様子で、ワキと親しく言葉を交わし、輿に乗ったワキが一夜の宿を貸してほしいと頼むと、待っていたようにこの花の陰ほどのお宿は無いと答える。それはそうだが、主はどなたです、と察しの悪い歌人の卵はなおも問う。

シテ 行《ゆ》き暮れて木《こ》の下蔭《したかげ》を宿とせば花や今宵《こよひ》の主《あるじ》ならまし

（行き暮れて木の下陰を宿としたなら、花こそ今宵の主であろうに）

シテはついに一曲の主題である一首を口にして、この歌を詠んだ人はこの苔の下だと告げ、あなたたちは僧の身でなぜ弔ってやらないかと責める。

ワキは、同門の薩摩守忠度の歌だと即座に認める。シテは忠度の亡霊であることをほのめかして消える。

ここで、幽明境を異にするとはいえ、未完の芸術家である二人は出会うべくして出会ったのである。『忠度集』という家集まであるシテを、まだ書生の域を脱しないワキと一緒にしては気の毒だが、歌人としての妄執をこの世に残しているからには、忠度もまた、未完の芸術家には違いない。

ただし、『千載集』のよみ人しらずで採られた歌は、「さざ波や志賀の都は荒れにしを昔ながらの山桜かな」であるが、この歌は能には出てこない。奇異にも感じられるが、世阿弥の創作意図が、あくまで須磨の一木の桜をもとに成り立っていたので、あえて焦点を絞ったのであろう。

忠度の霊と知って驚嘆したワキは、都に帰り、定家にこのことを話そうと決意する。忠度の死後に及ぶ歌道執心は、いかな定家といえども、心を動かされるに違いないからである。そこには、当然、自分もまた、定家のもとで学び直そうという思いがあるはずだ。

忠度の霊の姿を現した後シテもまた、勅勘ゆえによみ人しらずとされた口惜しさを語り、定家に申し上げ、「作者の名を付けていただきたい」と改めて願う。そして、「和歌の家」と、平家三代にわたる歌人としての自負を述べ、出陣前に俊成を訪ねた経緯を語る。

ここまでは、ひたすら歌道執心の物語であるが、それならば、『忠度』は「上花」という世阿弥の自賛には至らないだろう。

美しいのは、忠度が岡部六弥太に、首を打ち落とされてから最後までである。夢幻能の常道として、シテがそのまま、六弥太にもなる。

世阿弥の修辞を堪能できるところである。実は享年四十一、死の直前には、右腕を斬られても、左手で六弥太を投げ飛ばした勇者であった忠度だ。しかし、なきがらを見る六弥太すなわちシテ自身の眼差しによって、「シテ六弥太《ろくやた》、心に思《おも》ふやう、地謡痛《いた》はしやかの人の、おん死骸《しがい》を見《み》奉れば、その年もまだしき、長月《ながづき》ごろの薄曇《うすぐも》り、降《ふ》りみ降《ふ》らずみ定《さだ》めなき、時雨《しぐれ》ぞ通《かよ》ふ斑《むら》紅葉《もみぢ》の、錦《にしき》の直垂《ひたたれ》は、〔中略〕これは公達《きんだち》の、おん中《なか》にこそあるらめと〈六弥太は心に思う、おいたわしい、このお方のおん死骸を見申し上げれば、まだ年もゆかれぬ、九月の薄曇り、降ったり降らなかったりの時雨のままにまだらに染まる、その紅葉のような錦の直垂は公達のお一人に違いあるまい〉」と若く優雅な公達にみるみる変貌してゆく。世阿弥独特の男のナルシシズムの官能が漂う。陰鬱な晩秋に、「降りみ降らずみ」の時雨に所々染まったような斑紅葉から、錦の赤を呼び出す描写は、ことにイメージの喚起力が強い。

錦の直垂の箙《えびら》に付けられた短冊の歌によって、忠度が、歌の作者であるばかりか、うたわれた「花こそ今宵の主」すなわち、花であり歌そのものであることが明かされる。「花は根《ね》に帰《かへ》るなり、わが跡弔《あとと》ひて賜《た》び給へ」とは、われこそは花、という宣言である。

平家三代の歌人とはいえ、特段の存在ではなかった忠度が、みずから花となり歌となることによって、永遠の名を得る。

これこそ、世阿弥がついに果たせなかった夢ではないだろうか。自身が芸術であることの恍惚は、芸術家以上に選ばれた者の運命である。

『忠度』は、幽明境を隔てた未完の芸術家二人の出会いに始まり、無念の死者である芸術家が、芸術そのものになって終わる能なのである。

『西行桜』の世界観

さて、いよいよ大曲『西行桜』である。

前場は、現在能の形で、ワキ西行とアイ西行に仕える能力《のうりき》、そしてワキツレ下京からやって来た花見の男たちで構成される、生き生きした劇である。

西行は、桜の名木のある西山の庵室に、今年は花見禁制のことを能力に申し付ける。能力はその旨を皆にふれるのだが、そこに下京からの花見の男たちが訪れ、西行の庵室の桜が花盛りと聞いたのでちょっと見せてほしいと頼む。

ここが面白いのだが、能力は、頭から駄目だと断らない。見せてあげるのはたやすいが、今年は花見禁制との仰せなので、ご機嫌をみて伺ってみようと言う。能力には、それなりの生活者の知恵があり、主人の言い付けを何が何でも守るというわけではないのである。

西行は、花を眺めて、四季折々の自然の啓示はとりもなおさず見仏聞法の縁を結ぶことであると知る者は少ない、とりわけ花咲く春と実を結ぶ秋は素晴らしいと述べる。そして、「あら面白や候」と感嘆する。

能力はこの声を聞きつけ、西行が「日本一のご機嫌」（大層上機嫌であることの慣用表現）なので、花見客のことを伝える。能力は、「あら面白や候」の前の西行の見仏聞法の言葉を聞いていず、また理解もしなかったであろう。それが、生活者にとっての正しい判断なのだ。能力に、下京からの花見客が来たことを聞くと、西行の反応がまた面白い。

西行は、花と自分と一対一で見ていたかったのだ。隠れ棲む庵室を花のために世に知られるのも本意ではない。ならば、拒絶するかといえばそうではなく、せっかく都からはるばる来たものを花を見せずに帰すことはできないと、戸を開かせる。この曖昧な許容が、自身納得の行かないものであることが、問題の歌になるのである。

花見《み》むと群《む》れつつ人の来《く》るのみぞ、あたら桜の、咎《とが》にはありける
（花を見ようと人が群れ立って来ることだけが、惜しいことに桜の咎なのだ）

これは、花への八つ当たりというものである。この歌は、実際『山家集』に収められている西行の真作であるのが可笑しく、自分の弱さを隠さない、西行という人間の幅の広さを思わせる。この歌に抗議するために、老桜の精が西行の夢の中に現れるのだ。舞台を知り尽くした世阿弥らしい、実に巧みな構成である。

老桜の精は、謙虚で遠慮がちだが、俺の歌に文句があるのかというような西行の上からの物言いに、次第に激してくる。「人が群れ立って来ることだけが、桜の咎だとおっしゃいますが、桜の咎は何ですか」と桜の精に切り口上で問われて、さすがの西行もやや腰が引ける。「いやなに、憂き世がいやさの山住みなのに、またそこまで大勢押しかけられては迷惑だから、そこをちょっと詠んだまでですよ」と守勢に回ると、桜の精は鋭く、「失礼ですが、それは筋が違います、憂き世も山も、みんなお心次第でしょう、人間の心を持たない草木に、憂き世の咎はございませんよ」と、西行を完全に論破してしまった。

知識人であるはずの僧が、意外な相手に、論争でやり込められるのは、観阿弥《かんあみ》原作の『卒都《そと》婆《ば》小町《こまち》』がいい例である。だが、論破されて深々と礼をする僧に対して、勝ち誇り、戯れ歌まで詠む小町と違って、桜の精は奥ゆかしい。

シテ　まことは花《はな》の精《せい》なるが、この身《み》も共《とも》に老《お》い木《き》の桜の、ワキ　花物言《はなものい》はぬ草木《さうもく》なれども、シテ咎《とが》なき謂《い》はれを木綿花《いふばな》の、影唇《かげくちびる》を、動かすなり。

(私は本当は花の精なのです。私とともに生きる老い木の桜は、もの言わぬ草木ですが、桜に咎は無いということを言いたくて来た、この夕暮れの光が私の唇を動かすのですよ)

恥《は》づかしや老木《らうぼく》の、花も少《すく》なく枝朽《えだく》ちて、あたら桜の、咎《とが》のなきよしを、申し開《ひら》く花の、精《せい》にて候ふなり。およそ、心《こころ》なき草木《さうもく》も、花実《くわじつ》の折《をり》は忘《わす》れめや、草木国土《さうもくこくど》みな、成仏《じやうぶつ》のみ法《のり》なるべし。

(お恥ずかしい、老木は花も少なく枝が朽ちておりますが、せっかく咲いた桜には咎が無いと申し開く花の精でございます。およそ、心を持たない草木も、花を咲かせ実をつける大事な折を忘れましょうか。草木国土、みな成仏の教えでございましょう)

有難《ありがた》や上人《しやうにん》のおん値遇《ちぐう》に引かれて、恵《めぐ》みの露《つゆ》あまねく、

(ありがたいことです、上人のご縁のおかげで恵みの露をあまねくいただきます)

奥ゆかしい以上に、本当は桜の精は、西行が愛してくれることがうれしくてたまらないのである。花盛りの桜であったはずが、花も少ない老木だと、恥ずかしさに身を捩るような言葉を

洩らす。「影唇を動かす」には、人間と植物の境界を越えた、妖しい官能の響きがある。

西行と老桜の精の対立と見えた舞台は、たちまち、草木国土悉皆成仏の陶酔に融かされ、桜尽くしの歓喜、そして、「あら名残《なごり》惜《を》しの夜遊《やいう》や、惜《を》しむべし惜《を》しむべし、得《え》がたきは時《とき》、逢《あ》ひがたきは友《とも》なるべし、春宵一刻値千金《しゆんせういつこくあたひせんきん》、花に清香《せいきやう》。月に陰《かげ》。春の夜《よ》の」と、惜春の序ノ舞（最もゆるやかに舞われる舞、美女や植物の精などが典雅に舞う）に、いつか引き込まれてゆく。

ゆるやかな「時」そのものが「花」となるのだ。


シテ夢《ゆめ》は覚《さ》めにけり、地謡夢は覚めにけり、嵐《あらし》も雪《ゆき》も散《ち》り敷《し》くや、花を踏《ふ》んでは、同《おな》じく惜《を》しむ少年の、春の夜《よ》は明《あ》けにけりや、翁《おきな》さびて跡《あと》もなし、翁さびて跡もなし。


夢は覚め、花は雪と散った。ともにはなびらを踏んで惜しむ人生の春と同じく、春の夜は明けて、老いの閑寂が残るばかりだ。もはや、美しいという言葉さえ忘れさせて能は終わる。

老い木の寂しさの中にも、世阿弥の能らしい幸福感が漂う。万物が融和する世界観は、ややもすれば息苦しく、どこかに破れがほしいとも思うが、世阿弥の詞章に能役者の身体が入ることで、世界は破れ、また、ひそやかに縫い直されるのであろう。

ここに至って、世阿弥の桜の能に男女の性愛が無いことは、欠如態ではなく、むしろありあまる何かの表象だと思われてくる。禁忌は、どこにも無いのかも知れない。

なお、あまりにも有名な世阿弥の「花」は、『風姿花伝《ふうしかでん》』第七別紙口伝に詳しく述べられているように、一般的かつ抽象的な観念であって、特に桜というわけではない。だが私は、世阿弥の理論の中でもとりわけ詩的な「白鳥花を啣《ふく》む、是幽玄風姿歟《これいうげんのふうしか》」（『至花道』）という一行には、桜花をふくんで豊かに羽ばたき、天に向かう鶴の姿を想像する。

第十一章　芭蕉と桜の記憶

記憶の時間

芭蕉の桜の発句として、まず思い出すのは、まさに、

さまざまの事おもひ出す桜かな

である。以前仕えた主家の若君が主催した花見の席の吟であり、これを発句として歌仙が巻かれた。一六八八年春、四十五歳の作で、この年の九月三十日に元禄と改元される。

芭蕉は、あと六年生きて、一六九四年、五十一歳で没する。

「さまざまの事おもひ出す」は、その場では当然、旧主の思い出であろうが、この一句だけ

読むと、桜の茫漠とした花の彼方の時空が現れる。

「おもひ出す」のは、自分の人生でもあるが、同時に多くの古人の人生とそこに咲いた桜であろう。小さな花が無数に集まって咲く桜は、あまたの生が投影されるにふさわしい。

興味深いのは、芭蕉を名乗るはるか前の松尾宗房の名で、一六六四年、二十一歳ですでに次のような句があることだ。

姥桜《うばざくら》さくや老後の思ひ出《いで》

当時の俳諧選集『佐夜中山集《さよのなかやましゅう》』に二句採られたうちの一句で、いわばデビュー作のひとつである。自分の境涯とは関係なく、能『実盛《さねもり》』の詞章の引用によるものというが、芭蕉の桜の句を考える上で、象徴的である。

全く実体の無い言葉だけで描かれた「姥桜」から、無限の記憶を包含した「さまざまの事」に至るまでに、どのような桜の句があったのか、心に残るものを挙げてみよう。

うかれける人や初瀬の山桜　　（一六六七）

「うかれける」は、百人一首にも採られた、源俊頼の和歌「憂かりける人を初瀬の山おろしよ激しかれとは祈らぬものを」の、初句を一文字変えただけで、「浮かれける」と、俳諧的な花見の場面に転換した、才気に溢れた作である。

阿蘭陀《おらんだ》も花に来にけり馬に鞍《くら》　（一六七九）

「阿蘭陀も」の、「馬に鞍」は能『鞍馬《くらま》天狗《てんぐ》』の詞章である。馬に乗るオランダ人を天狗に見立てたか。

花に酔へり羽織《はおり》着てかたな指女《さすおんな》　（延宝年間）

「羽織着て」も、上野の花見である。当時は男装の女もいたものか。歌舞伎の『助六《すけろく》』の母満江《まんこう》を連想する。

花にうき世我酒《わがさけ》白く食黒《めしくろ》し　（一六八二）

「我酒白く食黒し」は、濁り酒と玄米の貧しい食卓だが、その意味を超えた仙界のような空間が出現している。

奈良七重《ななへ》七堂《しちだう》伽藍《がらん》八重ざくら　（一六八四）

辛崎《からさき》の松は花より朧《おぼろ》にて　（一六八五）

「辛崎の」の夢幻的な松の美しさは無類だが、ここにも能『道成寺』の「花の外《ほか》には松ばかり」がかさなって聞こえる。

命二つの中に生《いき》たる桜哉　（同年）

「命二つ」の句は、旧友である伊賀上野の服部土芳と、二十年ぶりの再会を果たした感慨だが、相見ることのなかった二十回の春が「生《いき》たる桜」の中に息づいている。

花咲《さき》て七日《なぬか》鶴《つる》見る麓《ふもと》哉　（一六八六）

花の命は七日、鶴は一か所に七日とどまるという。花も咲き、鶴も来る山里の風雅である。

花の雲鐘は上野《うへの》か浅草《あさくさ》か　（一六八七）

「花の雲」は、もはや芭蕉という名も要らないほどに誰もが馴染んでいるだろう。「さまざまの事」の句の頃、吉野への旅もあって、芭蕉はさらに多くの花の句を詠んでいるが、私の好きなのは、次の二句である。

よし野にて桜見せうぞ檜《ひ》の木笠《きがさ》　（一六八八）

お前に桜を見せてやろうと、大事な旅の友である檜の木笠に呼びかけている。今にも笠が脇句を付けそうである。

猶《なほ》見たし花に明行《あけゆく》神の顔　（同年）

これは、葛城山の麓を通る頃の作で、醜さゆえに、夜しか現れない女神を詠んだものであるが、「花に明行神の顔」と、夜明けの桜と女神の醜貌の対比に、凄絶なエロスが漂う傑作である。桜の句はこれで打ち止めでもいいのではないかと、私は思うほどだが、そのあとも芭蕉は詠みつづける。

西行桜

象潟《きさがた》の桜はなみに埋《うづも》れて
はなの上こぐ蜑《あま》のつり船
西行法師

花の上漕《こぐ》とよみ給ひけむ古き桜も、いまだ蚶満寺《かんまんじ》のしりへに残りて、陰波《かげなみ》を浸《ひた》せる夕晴《ゆふばれ》いと涼しかりければ

ゆふばれや桜に涼む波の花　（一六八九）

最も尊敬する古人の一人である西行の歌を詞書に記した句は、軽やかでいかにも花の映る波が涼しげである。

木《き》のもとに汁《しる》も膾《なます》も桜かな　（一六九〇）

「汁も膾《なます》も桜かな」は、花見の御馳走にはなびらが降りかかる様が、シュルレアリスムのようだ。

四方《しはう》より花吹入《ふきいれ》て鳰《にほ》の海　（同年）

「四方より」は琵琶湖の広々とした水面にはなびらが吹き入れられる、華麗な景色である。元禄年間に入っても、桜の句はなお面白い。だが、わざわざ西行の歌を引いた句でも、はるかな過去の時空を包み込むより、むしろ現在に重点がある。「花に明行神の顔」のように、古代が生々しく現在に顕現するのとも違うのだ。

絶対的現在

芭蕉の死の年である一六九四年になると、気になる花の句がある。

花見にとさす船おそし柳原《やなぎはら》　（一六九四）

何でもない遊興の描写である。しかし、船は遅いのだ。花に向かう外界の時間と芭蕉の内的時間がずれている。遅い、と芭蕉は誰に向かって言っているのだろうか。ここにはもはや、「さまざまの事」の豊かな生命力に満ちた桜の記憶の時間は無い。
やがて、花は去り、秋が来る。

菊の香や奈良には古き仏達　(同年)

懐かしくゆかしい句だが、もはや、「さまざま」に混沌とした思いは消え、一種の達観が支配している。桜の時間は終わったのである。

白菊《ぎく》の目にたてて見る塵もなし　(同年)

これは、過去や未来の介入を許さない、絶対的現在である。
姥桜に老いの思い出を託した青春には、およそ予期できなかった彼方まで、芭蕉は歩み入ってしまった。そこには、もう花は咲かない。時間も記憶も無いただ独りの道である。

此道《このみち》や行人《ゆくひと》なしに秋の暮　（同年）

第十二章　『忠臣蔵』と桜の虚実

本文に存在する桜

歌舞伎の独参湯《どくじんとう》（よく効く薬、転じてよく当たる狂言）と言われる、『仮名手本忠臣蔵《かなてほんちゅうしんぐら》』だが、浄瑠璃の本文には、桜という言葉が三つの場に出てくる。ここでは、歌舞伎と浄瑠璃本文の差異から、『忠臣蔵』と桜を考えてみたい。

それというのも、この本文の三つの桜の登場する場面は、現在の歌舞伎ではほとんど上演されないためである。上方のやり方なら本文に近いはずだが、実際はどうだろう。

今は亡き戦後歌舞伎の名優たちを揃えた、一九八六年十月から十二月の国立劇場の『忠臣蔵』通し上演では、さすがに大序から十一段目まで全段が見られた。しかし、二段目は「梅と桜」の場のない演出、また、四段目のあとに後述する道行『落人《おちうど》』が付いている折衷版で、本文の完全上演ではなかった。

『忠臣蔵』は言うまでもなく、江戸城内の刃傷で切腹させられた浅野内匠頭《あさのたくみのかみ》の旧家臣四十七人が吉良上野介《きらこうずけのすけ》に敵討ちをする物語だが、幕府を憚って、浅野を塩谷判官《えんやはんがん》、吉良を高師直《こうのもろなお》と、『太平記』の世界に設定してある。

まず、二段目の「梅と桜」の場——塩谷判官の家老大星由良之助《おおぼしゆらのすけ》の子息力弥《りきや》が、判官と饗応の相役の桃井若狭之助《もものいわかさのすけ》の館に使いに来て、許嫁である、若狭之助の家老加古川本蔵《かこがわほんぞう》の息女小浪《こなみ》と対面する。

花なら蕾、梅と桜にたとえられる若い許嫁同士が、羞じらいながらの対面だが、二人の花は満開を待たずに散る運命である。この場が、八段目、九段目に続き、力弥を慕う小浪と娘の心をいとしく思う継母戸無瀬《となせ》が、由良之助の山科閑居を訪れて、一夜限りの嫁入りをする哀切なドラマにつながるわけなのである。

次に桜が登場するのは、四段目の「花献上」、人形では「花籠」の場である。

判官の奥方顔世御前《かおよごぜん》が、殿中での刃傷により、閉居の身の判官の心を慰めようと、名木の桜の枝を取り寄せて活けるが、そこへ上使がやって来る。

この場には、顔世の重要な告白がある。

判官が師直の怨みを買ったのは、妻の顔世が、鶴岡八幡宮で道ならぬ懸想をしかけた師直のことを、夫に知らせず、歌にことよせて厳しくたしなめたからで、事の起こりは自分のせいだというのだ。

これには、家臣たちも言葉を失うしかない。後醍醐天皇、新田義貞の愛を次々に受けて、塩谷判官の奥方となった顔世は、その名の通り、魅力に溢れた美女である。顔世が師直の横恋慕を撥ね付けたことが、師直の判官への攻撃になり、ついに堪りかねた判官が刃傷に及んだという経緯では、顔世の美貌が不運だったと思うほかないだろう。判官に操《みさお》を立て、なおかつ師直を怒らせまいとすれば、出家か自害しか、顔世に道はなかっただろう。そして、師直が当てこするように、判官との愛の生活がある以上、どちらの道も顔世には選べなかった。

「花献上」に続くのは、「判官切腹」である。心をこめた顔世の桜は、愛する夫の散華を予告するものでしかなかった。この「花献上」は、一九八六年国立劇場の通し上演以来、私は見ていないが、二〇一三年十二月の国立劇場で、河竹黙阿弥《かわたけもくあみ》作の『忠臣蔵形容画合《ちゅうしんぐらすがたのえあわせ》――忠臣蔵七段返し』というパロディの舞踊劇が上演され、現中村魁春《かいしゅん》がこの場の顔世で、気品といい色気といい、立派な本格の芸を見せたのに驚いた。

このあと、桜という言葉が出てくるのは、意外にも、町人天川屋《あまかわや》義《ぎ》平《へい》を主役とする十段目である。意気に感じて塩谷浪人を支援する、天川屋義平の心底を確かめるために、公儀の捕手に変装した義士たちが、子どもの命を枷に責めるが、義平はいっかな動じない。その男気に感服して、長持に隠れていた由良之助が出てくるという実に卑怯な話である。しかも、ほかの段とは独立した筋なので、歌舞伎ではほとんど上演されない。だが、『忠臣蔵』の映画などでは、天川屋義平ではなく、「天野屋利兵衛《あまのやりへえ》は男でござる」の台詞で、かつてはよく知られていた。

　ゐぎをたゞしてゆらの介義平にむかひ手をつかへ。〔中略〕花はさくら木人はぶしと申せどもいつかな〳〵ぶしも及ばぬ御しよぞん。

　由良之助は、「自分は最初から貴公を信頼していたのだが、同志の中には疑う者もいたので、彼らのためにこのようなことをした」と言い訳した上で、「花は桜木人は武士」というが、武士も及ばないお心と義平に頭を下げる。

　この表現の初出がどこまで辿れるのか、私にはわからないが、「と申せども」とあるからには、すでに使われていたのであろう。近代の軍国主義の桜のイメージに、そのままつながるわけではないが、桜に寄せられたさまざまな欲望のうちでも、最悪に近いのはたしかであろう。桜が散るように、ぱっと未練なく命を捨てる「潔さ」が武士の精神だが、「いつかな武士も及ばぬ御所存」であるから、武士以上に命を投げ出す覚悟ができている、という、寒々とした賛辞なのである。

しかし、これも作者たちのリアルな眼差しであったのかも知れない。敵討ちとはいえ、集団のテロにほかならなかった事件である。「花は桜木人は武士」という程度の安易な精神論が現実の義士たちを動かしていたかも知れないことは、じゅうぶんに想像できるし、また、一党以外の町人などには、無理な犠牲を強いた面も多々あったであろう。

そう考えてみると、人気の無い十段目にも存在意義はある。

八六年十二月の国立劇場では、九段目から十一段目まで、由良之助は十七世市村羽左衛門が勤め、天川屋義平は五世中村富十郎だった。明るく口跡の良い富十郎に、実直一方の羽左衛門の組合せも悪くないが、かなうことなら、故人富十郎に対して、奥行き深い肚《はら》の芝居の今日の第一人者、現中村吉右衛門を配して見たいような気もする。暗黒面もある由良之助の人間像が、かえって現代性を持つかも知れない。

本文に存在しない桜

さて、ここまで見た本文中の桜は、言葉にしろ花そのものにしろ、少なくとも現在の歌舞伎では、ほとんど日の目を見ないわけだが、本文に無い桜の場面は、非常に人気があって必ず上演される。

言うまでもない、お軽勘平《かるかんぺい》の道行である。

今の通し上演だと、四段目のあとにこれが出る。昼夜通しの上演なら、大序からこの道行までで昼の部が終わるというのが、よくあるパターンである。緊張感の強い判官切腹と表門の明け渡しの場のあと、桜と菜の花が咲き乱れる戸塚山中に、美男美女が現れるので、たしかに見ているほうはほっとする。

だが、これだと、なぜ突然二人が出て、しかも清元の浄瑠璃が『落人』で始まるのか、さっぱりわからない。この道行は、天保時代の江戸の新作で、まさに、悪貨が良貨を駆逐する形で定着した。

本文通りなら、四段目ではなく、三段目の喧嘩場のあとに、門外の場があり、お軽と勘平が出て、道行とおなじような展開になる。

しかも、お軽と勘平は、ここで初めて出るわけではなく、喧嘩場の前の足利館門前進物の場で登場するのである。

顔世御前の腰元お軽は、夜更けにもかかわらず、顔世から師直への歌の入った文箱を届けにやって来る。例の横恋慕を撥ね付ける歌なので、顔世は、饗応の大役をつとめる夫判官に間違いがあってはと案じ、館は取り込み中ゆえ今夜は止めるように言ったのだが、お軽は、恋仲の勘平に逢いたい一心で、夜のうちに来てしまう。

まさに、破局は、このお軽の抜け駆けに端を発するのだ。翌日、饗応が無事済んでから歌を届けていれば、どれほど師直が立腹しようとも、もはや判官には関係がなかったはずである。

夫の手から歌を渡させようとした顔世の判断も不用意だが、それに、自分の恋以外は何も考えない愛すべきエゴイストお軽の、文字通り軽い行動が重なって、判官から家臣たちとその家族まで、何百人もの運命を変えてしまう大事件が起こる。

このお軽の使いと門外をなくし、代わりに、桜を背景とした道行で観客を誘惑してしまったら、忠臣蔵のドラマが浅くなる。

顔世のエロスとお軽のエゴイズムが、男のドラマを動かすのである。顔世のエロスには、古代的な神秘が匂うが、お軽は、江戸のモダンガールであり、現代を予告する女性像である。

女として開花した二人に対して、処女である小浪は、男たちのドラマに殉じる運命しか与えられないのである。思いのままに愛に生きたお軽に比べると、その哀れさは際立つ。

田舎を嫌って塩谷家の武家奉公に来たばかりのお軽は、武士の何たるかなどは、全く念頭に無い。敵討ちの意義など考えてもいないが、愛する勘平が武士に戻るために金が必要なら、わが身を廓に売ることも厭わない。

七段目で、父と勘平の死を知ったお軽の言葉は見事である。


もつたいないがとゝ様は。ひごふの死でもおとしの上。勘平殿は三十になるやならずにしぬるのは。さぞかなしかろくちおしかろ。あひたかつたで有ふのに。なぜあはせては下さんせぬ。

愛する男に比べれば、親さえ路傍の人に過ぎないのだ。

「お父さんには申し訳ないが、何分お年寄りのことでこれもご寿命、私の勘平さんは、三十になるやならずの若さで死ぬのはどんなに無念だったか、私に逢いたかったであろうに、どうして逢わせてくれなかったのか」とお軽は訴える。

このような真実の言葉を吐ける女の造形は、桜の虚妄の美しさによって、なおざりに飾られるべきではない。

描くべきは、人間の真実、桜の真実であろう。

第十三章　『積恋雪関扉』と桜の多重性

一人の女形が踊る小町姫と傾城墨染

『積恋雪関扉《つもるこいゆきのせきのと》』、通称『関《せき》の扉《と》』は、常磐津による歌舞伎舞踊の大曲である。本来は、顔見世狂言の『重重人重《じゅうにひとえ》小町桜《こまちざくら》』の二番目大切《おおぎり》（歌舞伎芝居でその日演ずる最終のもの）の浄瑠璃の所作事だった。復曲上演されたこともあるが、私は見ていない。以後も、もっぱら、天明期のおおらかな味わいを代表する舞踊劇として、盛んに上演されている。

雪の舞台の真ん中に、大きな桜の木が花を咲かせているのが、まず目を奪う。上手に屋体と下手に木戸がある。逢坂山の関である。

登場人物は四人。関守関兵衛《せきもりせきべえ》実は大伴黒主、良峯宗貞《よしみねのむねさだ》——のちの僧正遍昭、小野の小町姫、傾城墨染《けいせいすみぞめ》実は墨染桜の精である。つまり、植物である墨染のほかは、『古今集』の六歌仙の三人である。

初演は、忠臣蔵の定九郎の新演出のほか、多くの舞踊の創演で名高い初代中村仲蔵の関兵衛、三世瀬川菊之丞の小町姫と墨染、二世市川門之助の宗貞だった。

今でも、小町姫と墨染は、一人の女形が踊ることが多い。座組や役者の体調によって、二人の女形が出ることもあるが、やはり、一人が二役を踊るところに、この曲の妙味があると思う。

筋立ては、顔見世狂言の常として、荒唐無稽であり、まして大切だけなので、わかりにくいが、一応まとめてみよう。

曲は、上の巻と下の巻に分かれている。

小町と宗貞の恋

上の巻の登場人物は、関兵衛と宗貞と小町姫である。

赤い振袖に蓑をかけ、笠と銀張りの杖を持った、可憐な旅姿の小町姫が逢坂山の関に来る。関守関兵衛は姫を咎めるが、奥で琴を弾いていた良峯宗貞は通してやれと言う。ところが、小町と宗貞は顔を見交わしてびっくり、実は、かつて二人は恋仲だったのである。しかし、宗貞は、仁明天皇の崩御で官位を辞し、菩提《ぼだい》を弔うために布留《ふる》の寺に籠った。そこへ、母の菩提を弔う小町がやって来たが、仏に立てた誓いは破るまいと、ただひとつの夜着で寝たばかりのはかない縁であった。この逢坂山の桜は、天皇を悼んで墨染の色に咲いたのが、小町の歌の功徳で常の桜色に戻ったのである。

話を聞いて、関兵衛が二人を仲立ちして、今度こそ夫婦にしようと乗り出すが、関兵衛の懐中から、割符と勘合の印が落ちる。小町と宗貞はこれを拾って懐に入れ、その場を誤魔化して三人の踊りになる。このあたりが、何とものんびりした面白さである。

関兵衛が仲人は宵の内とばかり消えると、そこに鷹が血の付いた片袖をくわえて来る。宗貞は、それが、弟安貞《やすさだ》が自分の身代わりに死んだしるしと知り、関守関兵衛の正体が怪しいので、小町姫に、一刻も早く山を下りて知らせに行くように頼む。二人は、またしても結ばれないわけである。

小町姫は、心を残しつつも花道を入って行く。

大伴黒主と墨染桜の精の戦い

下の巻は、関守関兵衛実は天下を望む大悪人大伴黒主と、傾城墨染実は安貞の妻であった墨染桜の精という、超常的次元で展開する。

星を見て、謀反の好機だと知った関兵衛は、桜の木を切って護摩を焚いて祈ろうと、桜に斧を振り上げる。と、大ドロドロになり、妖気が立ちこめて関兵衛は放心する。桜の幹に女の立ち姿が映り、やがて、傾城墨染が現れる。怪しむ関兵衛に墨染は伏見橦木町《しゅもくちょう》から逢いに来たと言い、二人は腹を探り合いながら、廓の場面を真似る廓話になる。

しかし、先刻の血の付いた片袖を持って泣く墨染の様子を関兵衛が見咎めて、二人はついに互いの正体をあらわす。ぶっかえり（上の衣裳が裏返って別の人格を示す衣裳になる）で、黒主は公家悪《くげあく》という高位の悪人の姿、墨染は薄墨色に枝垂桜《しだれ》だったのが鴇色《とき》（淡い紅）に枝垂桜の着付になる。墨染が人間の女に変じて愛した夫安貞は、黒主一派に死に追い詰められたのである。二人は激しく戦い、墨染は自分の体の一部である枝を折り取って、斧を持った黒主に立ち向かう。

幕切れ、墨染は二段（主役が上がる緋の台。立役は三段だが、女形は二段）に上がり、黒主は斧を持ってキマる。

小町にすべてを奪われた墨染

この怨念に満ちた凄艶な墨染と、優雅な小町姫を、一人の女形が踊るのはなぜなのか。初めに墨染と名乗った時、関兵衛は、「この桜の名も元は墨染」と怪しむ。それなのに、みずから正体を明かす時は、「小町桜の精魂」と言うのである。

上の巻で宗貞が言うように、この桜は、みずから帝を悼んで墨染の色に咲いた。つまり、非情の草木でありながら、心があったのである。しかし、小町という、世に広く知られた歌詠みが憐れんで歌を詠み、墨染桜は、常凡の桜色になってしまった。

墨染の心は、小町の筆の力で隠れたのである。最初は薄墨色の衣裳で現れ、ぶっかえると桜の色になるのも、通常の正体の現し方とは逆に、心を持ってもやはり桜でしかあり得なかった哀しみを示すようである。

しかも、墨染が、人間の形となって契った安貞は、小町の恋人である兄宗貞の身代わりに死んでしまった。

墨染は、小町に、色も心も名も恋も、すべてを奪われてしまっている。墨染の本当の怨みは、むしろここに在るに違いない。

だが、墨染は、小町を怨むことはできない。今や墨染桜は、すなわち小町桜であり、小町と墨染は、人と桜でありながら、ひとつの身体、ひとつの花であるからだ。

ちょうど、一人の人間の人格が多重性を持つように、小町が恋をあきらめて去ると、永久に恋を失い、人であるこの世の縁も失いかけている墨染が現れる。

小町は、墨染からすべてを奪ったように見えるが、あるいは小町は墨染以上に不幸であるかも知れない。小町は思う男とひとたびも契ることなく、逢坂という、色めいた関を去って行く。

墨染桜が小町桜と呼ばれても、恍惚と咲いているのは、墨染である。

小町と墨染を二人の女形が踊る場合、上位の役者が墨染を踊ることが多い。

この二役を得意とした六世中村歌右衛門が最後に墨染を踊った時、小町姫は四世中村雀右衛門が勤めた。小町も艶やかで良かったが、一世一代の歌右衛門の墨染は、桜の木の背後から現れて身体をぐっと伸ばす所作が、まさしく人にあらざるもので、鬼気迫る凄さだったのを今に忘れない。

一木の桜が二人の女であることは、一人の女が二つの人生を生きるように、不穏で切ない美しさを持つ。桜ゆえに生まれた幻想でありながら、人間的な真実味がある。

歌舞伎、それも顔見世狂言の複雑怪奇な筋立てが生んだ、桜の多重性は、むしろ現代に意外なリアリティを持つのではないだろうか。

第十四章　『桜姫東文章』と桜の流転

散らない桜姫

今日では、四世鶴屋南北の代表作に数えられる『桜姫東文章《さくらひめあずまぶんしょう》』は、一八一七年河原崎座の初演以来、実に一九二七年まで再演が無かった。戦後、六世中村歌右衛門、四世中村雀右衛門が桜姫を演じたのち、現坂東玉三郎という新しいスターによって人気狂言（演目）となった。玉三郎にとっても、当たり役の五指に入るだろう。

わが青春の女神だった歌右衛門の、美しい盛りの桜姫が見たかったが、間に合わなかった。しかも、三島由紀夫補綴の台本だったのでなおさらである。現行台本は基本的に、郡司正勝補綴による。

これは、歌舞伎や浄瑠璃に盛んだった清玄桜姫《せいげんさくらひめ》物の書替狂言のひとつであり、桜姫という名前は南北の命名ではなく、花の桜とも直接の関係は無い。

ただ、非常に現代的な特異性を持つヒロインの名が、よりによって桜姫ということに興味がある。

南北は、『隅田川花御所染《すみだがわはなのごしょぞめ》』にも桜姫という人物名を使っているが、こちらは普通のお姫様である。南北の最高傑作とも言われる『東海道四谷怪談』のヒロインは「お岩様」であり、第一章でふれたように、『古事記』の石長比賣《いはながひめ》を連想させる。その一方で、木花之佐久夜毘賣《このはなのさくやひめ》を思わせる桜姫を書いているのは、偶然にしても面白い。

しかし、この桜姫は、はかなく散る運命とは無縁である。流れ流れた末に、元の高貴なお姫様に戻って、美しく咲き続ける。

むしろ、はかなく散ってゆくのは、桜姫に魅了された男たち――清玄《せいげん》と権助《ごんすけ》という一対をなす――のほうだ。

輪廻転生

発端に、僧自久《じきゅう》と稚児白菊丸《しらぎくまる》の衆道の心中の場がある。白菊丸は、「次に生まれ変わったら、女になってあなたの妻になりたい」と言って先に入水してしまうが、大人の自久は、臆病風が吹いて、どうしても飛び込むことができない。そのまま、生き残ってしまう。

初演の五世岩井半四郎は、「大太夫《おおだゆう》」「眼千両《めせんりょう》」と讃えられた、目に色気のある美しい女形である。まさに「桜の散る中をゆくようだ」と評された華麗な芸風で、従来のしとやかな女形とは違う悪婆《あくば》という、男っぽく気っぷがいいが好きな男には尽くす役どころも得意だった。四十代の役者盛りだったが、さすがに白菊丸と二役を演じることはできなかった。現在では、むしろ二役を替わるのが普通になっている。そのほうが作の意図に適うのはたしかだろう。

十七年後の春、新清水の満開の花のもと、公家の吉田家の息女桜姫が、十七歳で出家剃髪しようとしている。美しい姫は、生まれつき左手が開かず、それも前世の報いかと、世を捨てようとしているのだ。

ところが、名僧として知られる清玄が、十念を唱えると、姫の左手が開き、小さな香箱が転がり出る。香箱には、清玄の名があった。実は、清玄こそ、自久の後の姿だった。香箱は、心中の際に白菊丸と交換した形見である。桜姫は、白菊丸の生まれ変わりだったのだ。清玄の心は、激しく揺れ始める。

桜姫の刺青

それとも知らぬ桜姫は、左手が開いてもなお、結婚を望まず、出家を願う。姫には、ひそかに思う男がいたのだ。

姫の庵室に、使いに来た中間《ちゅうげん》の卑しい男が袖をまくった瞬間、姫は求めていたしるしを見出す。鐘の刺青は、一年前に姫を犯し、一夜の契りで、懐胎出産までさせた男の腕にあった。そして、男を忘れられない桜姫は、自身の細い腕にも可愛らしい鐘の刺青をしているのである。女と鐘という、『道成寺』以来のモチーフが、ここに小さく嵌め込まれている。

再会した男＝釣鐘権助と桜姫の濡れ場は、官能的でありながら、夢のようでもある。これは若き日の玉三郎と片岡孝夫＝現仁左衛門の軽やかで夢幻的な芸風によるもので、役者絵を見ても妖艶な大太夫半四郎と、『勧進帳』を創演した七世市川團十郎の濡れ場は、もっと肉感的であっただろう。

一九七五年頃から人気が出た、玉三郎と孝夫（孝玉《たかたま》コンビ）の『桜姫』は、八五年、ニューヨーク公演で成功を収めた。バブル前夜の、ほろ酔いのような時代の空気を体現していたと言えよう。

それにしても、羞じらうお姫様の膝に裸の脛を載せる下層階級の男を設定した、南北の想像力は、民衆の欲望を先取りしつつ、さらにそれを越えて行く。このお姫様は、やがて性愛さえも超えてしまうのだ。

桜姫の情事は、すぐさま露見し、しかも、あろうことか、相手は無実の清玄とされてしまう。名僧と尊敬を集めていた清玄は、女犯の罪で寺を追放される。桜姫も不義によって追放され、里子に出していた赤ん坊を抱いて茫然としているところに、清玄が思いをかける。

僧の破戒の芝居のパターンではあるが、清玄の場合は、桜姫が心中で死なせた白菊丸の生まれ変わりという思いがあるので、情念は尋常ではない。だが、もとより桜姫は、前世の物語など何も知らない。清玄の思いを拒み、悪人の許婚者に襲われた騒ぎの中で、赤ん坊さえ、清玄のもとに残して去ってしまう。

三囲《みめぐり》神社の土手で、むずかる赤ん坊に困り果てた清玄と、肩に蓑を着けた振袖姿の桜姫がすれ違う場面は、流転する桜姫の、どこにも所属しない空恐ろしいほどの自由さを印象づける。玉三郎という、女形を相対化する、危険なまでの自由さを具えた新しい女形によって、この芝居が完全に現在のものになったのも、それを裏付けるものだ。

仏の教えを捨て、輪廻の愛執にとらわれた清玄は、どこまでも落ちて行く。弟子だった残月《ざんげつ》も、桜姫の局長浦《つぼねながうら》との密通によって寺を追われ、小さな庵室に住んでいる。清玄はそれを頼って身を寄せたが、病みついて、残月夫婦に殺されてしまう。

この庵室に桜姫も、女郎に売ろうとする者の企みで流れついて来る。姫は美しい顔を頭巾で覆われ、もはや振袖も無い長襦袢ひとつの貧しさだが、境遇を嘆いているようでもない。

女好きの残月は、姫に、長浦が以前姫から拝領した振袖を着せて、口説こうとする。長浦がそれを見て怒っているところに、なんと釣鐘権助が現れ、桜姫は自分の女房と言い立てて、間男として、残月夫婦を追い出してしまう。

運命の男はいない

姫は歓喜して、権助に自分を守ってほしいと訴えるが、権助は、桜姫を先の女衒《ぜげん》を使って、女郎に売ろうとしか考えていない。

権助は、桜姫という人間そのものに対峙しようとしない。権助にとって、桜姫は、高嶺の花の貴人であるか、または、売春をさせて稼がせる金蔓か、どちらかでしかないので、桜姫の美しさに惹かれつつも、男と女として真っ向から姫に対することはない、と言うより、権助にはおそらくその能力が無いのである。

そして、初演の七世團十郎が清玄と権助二役を勤めた事情からしても当然の流れだが、権助が女衒と話をつけるために姫を置いて出かけると、雷鳴で、死んだはずの清玄が蘇生する。清玄は、桜姫を見出して、白菊丸との心中の過去を語り、「一緒に死んでくれ」と出刃で迫るが、姫は拒んで争ううち、出刃は清玄に刺さって、清玄は今度こそ本当に死んでしまう。

そこへ、権助が帰り、姫を小塚原の女郎屋に連れて行こうとする。姫が立ち上がると清玄の幽霊が現れて姫を引き戻す。権助が「どうしたのだ」と声をかけると、幽霊は消えるが、頬被りを取った権助の顔には、清玄と同じ紫色の痣ができている。

「所詮この身は、毒食はば……」と呟いて、桜姫は権助と花道を入って行く。この段階で、すでに桜姫は、権助は清玄の分身に過ぎないこと、自分の運命の男ではないことを、自分以外に運命的な他者などいないことまで、無意識に悟っているはずだ。

風鈴お姫の独り寝

次の権助住居では、桜姫は、女郎の風鈴お姫として、倦怠感に満ちて登場する。桜姫は、腕の刺青の鐘が小さく可愛らしいので、風鈴お姫と渾名が付き、美貌ゆえに人気は高いのだが、枕元に幽霊が出るので、どこの女郎屋からも返されてしまうのである。文字通りの返品である。権助は、桜姫を女郎にして稼がせるばかりか、実はわが子である捨て子の赤ん坊まで、それと知らずに、金にするつもりで預かっている。

特に往年の孝玉コンビだと、ここはいかにもスター芝居らしく、まだ甘美な恋人同士の雰囲気が漂っていたが、作自体からすると、もっとざらりとした男女の違和感があってもいいところだろう。

権助は久しぶりに共寝しようと言うが、お姫は、

よしねえな。わっちゃア一つ寝をすることはしみしんじつぃや気だ。今夜は自らばかり寝

所に行つて、仇な枕のうれいものう、旅人《たびと》寝《ね》が気散じだよ。

独り寝がいいと、にべもなく答えるのである。「よしねえな〔やめてよ〕」、「わつちゃア〔一人称〕」などの最下層の女郎の言葉と、「自ら〔一人称〕」、「仇な枕のうれいものう〔好きでもない男とともに寝るつらさもなく〕」などの上流社会の姫君の言葉が混じり合うのが、おかしいうちにも戦慄的である。人間が言葉を使うのではなく、言葉が人間を作るのだ。

やがて、町内の寄り合いで、権助は出て行ってしまう。すると、また、清玄の幽霊が現れるのだが、度々の幽霊に馴れているお姫は、幽霊に呟呵を切って引っ込ませようとする。だが、幽霊は消えず、お姫、いや桜姫に、真実を語る。捨て子の赤ん坊が実は桜姫の生んだ子であること、権助こそ、清玄の弟信夫の惣太であること。

権助が酔って帰ると、桜姫はさらに酒を飲ませて、権助自身の口から、自分が桜姫の父と弟を殺し、吉田家の重宝都鳥《みやこどり》の一巻を奪った犯人であることを聞き出す。

姫はたちまち、吉田家の姫君の心に戻って、父と弟の敵である権助を殺し、わが子までも手にかけて、家の再興を図ろうとする。

大詰、三社祭礼の場で、家臣に守られた桜姫は、舞台正面に並んで座り、「まず今日はこれ切り」という挨拶で幕になる。

消去される桜の過去

幕切れの桜姫は、序幕の花見の場同様、高貴な赤の振袖姿である。権助と庵室で契る場面では、淡い鴇色の振袖、三囲の場では、少し着古したような赤の振袖、残月の庵室では、長襦袢姿から振袖を着て吹輪《ふきわ》という姫独特の髪型に鼓と呼ばれる飾りを入れるところもあった。権助住居では、安女郎の里帰りにふさわしく、着物に前帯、半纏という姿だった。

そうした流転の過去をすべて消去したように、さらりと赤姫に戻る桜姫には、決して散らない桜にも似た恐ろしさがある。権助ばかりか、何の罪もない自分の子まで殺してしまうのは、過去の自分を他者として葬り去る行為であり、歴史的な同一性を捨てることである。

だが、考えてみれば、桜がもたらす熱狂には、本来こうした面があるのだろう。花は咲き、花は散り、何事もなかったように人々は静まる。次の春は、また、何も知らないように花が咲く。この繰り返しには、重層的な論理の構築の余地がない。

ひとときの熱い季節は幾度か訪れながら、この国に決して革命のような、根本的な体制の変化が起こらないことと、桜の束の間の陶酔感は、どこかでつながっているのかも知れない。

異形と感じられる、流転する桜も、不死の桜も、桜の実相なのである。

第十五章 『春雨物語』と桜の操

宮木という女

悲運の中でも、愛を守り通して屈しない女性の生死には、「操」という死語に近い言葉の強さがふさわしい。その操は、ただひとたびの桜の宴に結晶している。

ここで取り上げるのは、上田《うえだ》秋成《あきなり》（一七三四—一八〇九）『春雨物語』のうち、「宮木《みやぎ》が塚」である。

零落した公家の姫君が、父を失い、頼った乳母に騙されて神崎の遊女の境涯になる。しかし、その女宮木を愛する男河守の十太が現れ、宮木にはようやく幸福が訪れるかと見えたが、十太は、桜の宴のさなか、宮木に横恋慕する藤太夫に陥れられ、やがて世を去る。十太の死後、宮木は藤太夫に迫られて思い者になるが、愛する男が陥れられたと真相を知って、無念が抑えられない。折りから、流刑地に向かう法然上人の船が、神崎に泊まると聞いた宮木は、舟で近づき、上人に念仏を願う。上人は十念を授け、宮木は入水して果てる。

あくまで感傷を排した、秋成の彫刻的な文体が、宮木の姿を端正に描く。

宮木という名は、『雨月物語』の「浅茅《あさじ》が宿」の妻と同じである。これもまた、死後まで夫への思いを貫いた、烈しい「操」の女だった。秋成の理想の女性像であったのかも知れない。

生田の桜

しかも、「宮木が塚」のほうは、遊女の身でありながら、はかない恋の桜の思い出を永遠のものとしたのが、なお哀れにゆかしい。

宮木は、河守の十太に見染められてからは、一切、ほかの客を取らず、妻同様の心でいたのである。

だが、秋成の冷徹な筆致は、宮木も十太も、安易な理想化はしていない。

富裕で「色好み」の十太は、柔弱な優男らしく、宮木への愛はたしかだが、現実的な世間知に欠けている。

春立ちてやよひの初め、「野山のながめよし。いづこにも率《いざ》なひて見せん」とて、兎《う》原の郡生田の森の櫻さかり也と聞き、「舟の道も風なぎて」とて、宮木を連れて一日《ひとひ》あそびに行きけり。林の花みだれ咲きたるに、幕張りて遊ぶ人あまた也。宮木がかたちをけふの花ぞとて、ここかしこより目偸《ぬす》みて見おこす。玉の扇とりてもたす。ただつつましうて、酒杯しづかに巡らし有る。十太は今日のめいぼくに、若ければ思ひほこりてなむある。河守の此在《あり》さまに、心劣りせられて、「宮木がかたちよし」、「ねたし」など云ひささやめく中に、こや野のうまやの長《をさ》藤太夫と云ふも、けふここに来たりて、つれ立ちしくす師、何某の院のわか法師にささやき、酒くむ心さへなく成りぬ。さて何思ひけむ。

春三月の初め、十太は宮木を伴って、桜の花盛りの生田の森に出かける。美しい宮木はたちまち周囲の人々から注目されるが、愛する女と花見の宴を張る歓びと誇らしさで、十太は自分が他者の嫉妬の渦の中にいることに気づかない。宮木の控え目ながら遊女らしく、十太や周りの者に酒を酌む様子も目に見えるようだ。いかに美しくとも、もはや姫君ではない。

無防備な十太は、たちまち陰謀の餌食になる。「さて何思ひけむ」からが陰謀の始まりである。美しい宮木に横恋慕した「うまやの長」藤太夫が、十太を陥れようとする。

公の使いが、豪家である十太の家に宿泊するから、すぐさま用意せよと、十太の留守宅に命じ、留守の者はどうしたらいいかわからず、応じられない。何も知らずに帰った十太は、思いがけない罪を得て、「花はまだ盛と見しを、此嵐に今は散りなん。我只こもりをらん」と風流人らしく、「まだ花の盛りと思った自分もこの嵐で散ってしまいそうだ」と嘆いて蟄居し、そのまま病死してしまう。しかも、とどめには、悪人側の医者が一服盛ったのである。

宮木は、悲嘆して、「倶《とも》に死なむ」とまで思い詰める。

淪落と入水

藤太夫は、なんとか宮木を自分のものにしようと、遊女宿の長に、十太から巻き上げた金の一部をやる。長も金に目が眩んで、宮木を無理矢理藤太夫の相手に出そうとする。

宮木も、遊女の境涯で強いられたとはいえ、いったんは藤太夫に靡《なび》いたのである。色好みの十太は宮木を本妻と決めてはいなかっただろうが、自分は独り身だ、などと、女の弱点を衝いてくる。

しかし、例の一味の医者が酔って「生田のさくら」と、十太のはかない運命を引き合いに出して、「男ぶりは劣っても、常磐の松のような藤太夫に乗り替えてよかっただろう」と女の心を逆撫でしたことから、宮木は自分を取り戻す。生涯の花であった、「いくたの咲良《さくら》」に殉じようと決めたのである。

こうした微妙な心理を、作者は余すところなくリアルにとらえている。十太が死んですぐ、宮木も死んだなら、最期の衝撃はなかっただろう。いったんは恋敵に靡いたがゆえに、宮木の覚悟は深いのである。

〔宮木は〕上人の御ふねやをら岸遠くはなるるに立ちむかひて、「あさましき世わたりする者にて候。御念仏さづけさせたまへよ」と、泣く泣く思ひ入りて申す。上人見おこせたまひ、「今は命すてむと思ひ定めたる人よ。いとかなしくあはれ也」とて、船の舳《へ》に立ち出でたまひて、御声きよくたふとくたからかに、念仏十ぺん授けさせたまひぬ。是をばつつしみて、口に答へ申し終り、やがて水に落ち入りたり。上人「念仏うたがふな。成ぶつ疑がふな」と、波の底に示して舟に入りたまへば、汐かなへりとて漕ぎ出でたり。

ギリシャ悲劇のデウス・エクス・マキナ（機械仕掛けの神）のような、法然上人の登場である。流刑に処せられる上人を乗せた舟が遠ざかるのに向かって、宮木は、「あさましい世渡りをするものでございます。お念仏をお授けください」と泣く泣く訴える。女の死ぬ覚悟を憐れんだ上人の念仏を、口うつしに唱えて宮木は入水する。

「あさましい世渡り」とは、遊女の境涯に加えて、藤太夫に枕を許したことにほかなるまい。波の底に、「念仏うたがふな」、「成ぶつ〔成仏〕疑がふな」と呼びかけて、配流に向かう法然上人の圧倒的な存在感が、宮木をこの世の苦しみから救い、裏切りのない浄土へ送る。

この凄絶な恋愛小説の結びには、宮木の塚を訪ねた作者のものらしい、人麻呂風の長歌が置かれており、「たをや女の　みさをくだけて」と遊女の身を悲しみ、入水までをうたっている。

「今はあとさへなきと聞く。うたよみしは三十年のむかし事也」と、桜に立てた操の物語は、歌の彼方に葬られる。

第十六章　宣長と桜への片恋

小林秀雄の恫喝

本居宣長《もとおりのりなが》（一七三〇―一八〇一）には、膨大な数の和歌があり、普通に読めば駄作の山であるというのが定説になっているようだ。

しかし、小林秀雄は、評伝『本居宣長』で、歌道と歌学とはひとつのものであり、宣長は、歌を知るには歌を詠むしかない、それゆえに詠んだだけだと述べている。この大学者にしてなぜここまで下手くそな歌を詠むのか、などと言ってはいけないような論法である。

だが、それは小林秀雄流の恫喝ではないだろうか。歌は、あくまで歌であって、それ以上でも以下でもない。言い訳は要らない。

小林秀雄は、『無常という事』で、西行と定家の「秋の夕ぐれ」の歌を比較して、西行は詩人であり、定家は美食家のようなものだ、と言っていたはずだ。これは、歌だけを読んだ印象批評だった。本居宣長だけに、物差しを替えるのはおかしいのではないか。そして、そのようにあらかじめ述べるのは、宣長の歌をいいとは思っていないからに違いない。

全く先入観無しに歌だけを読んでみれば、宣長の歌には独特の面白さがあると思う。それは、大学者であることとも別なのである。

片恋の記録

宣長七十一歳の、『枕の山』という有名な歌集がある。これは、秋の夜長に眠れないままに、桜の歌を詠み出したら、ついに三百首(実は三百五十首)になってしまったというもので、本当かどうかわからないが、桜への片恋が極まったのはよくわかる。

おそしとてよしや恨みし桜花さかてやみぬる春しなければ

(花が遅いからといって恨まないでいよう、桜が咲かずに終わった春など無いのだから)

これは、西行の「吉野山さくらが枝に雪ちりて花おそげなる年にもあるかな」(一三一頁参照)をすぐ連想させるが、歌の意味としては反対である。西行は花が遅いだろうと案じたのだが、宣長は、桜が咲かなかった春などかつて無いと自分に言い聞かせ、「よしや恨みし」と健気に花を待つ姿勢を見せている。だが、西行の本歌取りと言うよりはパロディの印象が強く、どことなく滑稽味が漂うのは、文体の問題だろう。西行と読み比べるとよくわかるのだが、言葉が意味内容通りで、言葉と言葉の連関から生まれる別次元の意味というものが無い。下の句の論理は、過去がこうだったから今年もこうであるに違いないという、実は不確実なものなのだが、その微妙なニュアンスが出ていない。宣長は、頭の中で予め決まったことをそのまま歌にしているのである。

さくら花さくときくより出立て心は山に入にけるかな
（さくらの花が咲くと聞いて、もう心は身より先に山に入ってしまったよ）

これはなかなか面白い発想である。花を慕い、身に先立って山に入る「心」というイメージはよくわかるし、斬新でもあるのだが、何となく遠足を待つ小学生のようなのは、上の句下の句が、理屈でぴったり合い過ぎていることから来るのだろう。しかし、宣長の歌の中では秀歌だと思う。

おくれゐて心空なりさくら花見にとて人のゆくを見る日は
（さくらの花を見に人が出かけるのに、自分は遅れて、心もうつろである）

「おくれゐて心空なり」は表現も発想も特異で面白い。「見にとて人のゆくを見る日は」が、いささか散文的であるが、やはり、宣長のうちでは秀歌の部類だろう。

ひさかたの天路《あまち》に通ふはしもかな及はぬ花の枝もをるへく
（天に届く架け橋があればなあ、届かない花の枝も折れるのに）

天に届く梯子のイメージは、さすがにここでは陳腐を免れないだろう。「及はぬ花の枝もをるへく」という理由付けは、馬鹿正直なところに愛嬌があるのだが。これが梯子というありきたりでなく、天に届く大男になれたらいいのに、くらいの奇想であったら、それはそれとして楽しめただろう。

行道《ゆくみち》にさくらかさしてあふ人はしるもしらぬもなつかしきかな
（花を見に行く道に、桜の折り枝をかざして出会う人は、知っていても知らなくてもみんななつ

かしいものだよ）

これは文句なくいい歌だと思う。調べが上からやわらかに通り、理屈による停滞が無い。花を愛する者同士の心が通うさまがよくうたわれている。

桜花ほのほの見ゆる暁はわかれををしむ人やなからむ

（桜の花がほのぼのと見える暁は、逢瀬の別れを惜しむ人などいないだろう）

「桜花ほのほの見ゆる暁は」の美しいうたい出しを、下の句の野暮な断定が台無しにしている。たとえ同じ奇天烈な意味内容でも、言葉の斡旋次第で、それなりのリアリティを持たせることができただろう。

しぬはかり思はむ恋もさくらはな見てはしはしは忘れもやせむ

（死ぬほどに思うような恋も、桜の花を見てはしばし忘れることもあるだろう）

これも意味内容には承服しがたいが、「さくらはな見てやしはしは忘れもやせむ」の奥行きのある言い回しは、そうもあろうかと一瞬感じさせる力はある。「しぬはかり」と大きく入ったこともこの場合効果的だった。宣長は、どんな恋をしたのか、尋ねたくなる。

さくら花はかなき色をかくはかり思ふ心そましてはかなき
(桜の花のはかない色をこれほどに思う心はましてはかないものだ)

「はかなき」の反復だが、嫌味の無い一首である。宣長としては、大人しい歌だ。

我心やすむまもなくつかはれて春はさくらの奴《やっこ》なりけり
(私の心は、休む間もなく使われて、春は桜の奴=身分の低い家来だ)

「我心やすむまもなくつかはれて」と言われても、桜には使った覚えは無かろう。「春はさくらの奴なりけり」は、無邪気な卑下のしかたが愉快である。

此花になそや心のまとふらむわれは桜のおやならなくに
(どうしてこの花がこんなに気にかかるのか、私は桜の親ではないのに)

下の句「われは桜のおやならなくに」が可笑しい。恋人や夫婦でなく、親子という、あり得ない垂直性の関係を持ち出したところが眼目である。

鳥虫に身をはなしてもさくら花さかむあたりになつさはましを
（鳥や虫になってでも、桜の花の咲くそばにいたいのに）

生まれ変わったら、というようなゆるやかな願望ではなく、今すぐにでも、鳥や虫に変身しようという意気込みが、さすが「さくらの奴」らしい。「さかむあたりになつさはましを」の一方的な執念は、いささか不気味ながら哀れである。

桜花ふかきいろとも見えなくにちしほにそめるわかこころかな
（桜の花は深い色とも見えないのに、私の心は千たび染めたようになってしまったよ）

「ちしほ」は、何回も染料に浸けることで、深く染まったということになる。「ふかきいろとも見えなくに」の素直な呟きが意外に効いている。

さくら花入ては出る月のことちりて又明日さくものにもか
（桜の花が、入りと出を繰り返す月のように、散ってまた明日咲くものならなあ）

滅茶苦茶な奇想である。一年を一日として、今日散った桜が明日また咲くのなら、人間の一生はたちまち終わってしまうが、そこまで考えてはいないようである。自分はそのままで、花にのみあわただしい周期の加速を求めるのは、歌としても虫がよすぎるだろう。

春ことににほふ桜の花見ても神のあやしきめくみをそおもふ
（春はことに咲き匂う桜の花を見ても、神の不可思議なお恵みを思う）

「神のあやしきめくみ」はいいが、宣長独特の一方的な思い込みで、実は神も与り知らないのではないか。と思わせるのは、「人間にとって不可知である神」という認識が全く見えず、すべて手の内のカードだからである。

人の家のひろき桜の花園を見れはうき身のなけかれそする

（人の家の広い桜の花園を見ると、富裕でない身が嘆かれる）

これは、宣長にしか詠めない歌だろう。秀歌とはお世辞にも言えないが、忘れがたい一首には違いない。

おに神もあはれと思はむ桜花めつとは人のめには見えねと

（『古今集』の仮名序ではないが、鬼神も桜には感動するだろう、その様子は目に見えないが）

ついに宣長は、桜への愛を鬼神にも押し付けている。神同様、鬼神も手の内のカードであるから、ドラマの生まれようが無い。

桜には心もとめて後の世の花のうてなを思ふおろかさ

（今この世の桜には心もとめないで、死んだ後の世の花のうてなを願う愚かさ）

桜に心をとめることと死後の救済を求めることという、異次元の行為が故意に同次元に並べられている。その手つきそのものに好感が持てない一首である。

人はいさわれは死なすて桜花千世もやちよも見むとこそ思へ
（人は知らないが、私は死なずに、永遠に桜の花を見たいとこそ思うのだ）

桜を愛するあまりの永遠の不死宣言なのだが、「人はいさわれは死なすて」の無根拠な自信がどうにも引っ掛かる。この勝手なスタートラインからいくらジャンプしても、飛んだことにはなるまい。それは、かなり愚かな人間でもわかるのだが、宣長はなぜわからないのだろう。そのほうが不思議である。

はかなくてちるはさくらの心にも人こそしらねかなしかるらむ
（はかない命で散ってしまうのは、桜の心にも、人間にはわからないが、やはり悲しいだろう）

散る桜も悲しいだろうと、自分の心を押し付けている。このあたりになると、「桜の奴」のような味わいもないので、ひたすら不毛である。

山風に桜の花のちるころは秋よりかなし春の夕くれ

（山風に桜の花が散る頃は、人が悲しいという秋の夕ぐれより、春のほうが悲しい）

「秋よりかなし春の夕くれ」は、単純だが悪くはない。『新古今集』の後鳥羽院の「見渡せば山もと霞むみなせ川夕べは秋と何思ひけむ」（巻一　三六）の気迫を、当然知りつつもこの子どものような自作の下の句をよしとした宣長の心の動きが、想像を絶して面白い。

したはれて花の流るる山河に身もなけつへきここちこそすれ

（桜の花びらが流れる山の河に、私も心がおのずと慕われて、身を投げ果てたい気持ちだよ）

桜の散る山の河さえ恋しいのである。稀代の花狂いの西行でさえ、そんなことは言わなかった。西行がうたったのは、花狂いであるほかない自分のどうにもならない「心」であった。宣長は、「心」を問題にしていない。宣長の「心」は、うたい出す前に既に決まっている。ならば、どんなことでも言えるのである。この一首は面白いが、「言葉が引き出す心」という次元が抜けているのだ。そういうものは、初めから詩ではないとも言えるが、とりあえず歌ではある。

春ならは花見せましをほとときすさくらか枝に来つつ鳴なり

（春に来たなら花を見せてやるのに、ほととぎすが桜の枝に来て鳴くよ）

ご親切にも、ほととぎすに桜を見せてやれないのを残念がっている。大きなお世話ではあるが、下の句は真っ直ぐな良さがある。

桜花かなしき秋のゆふくれにちらは命も露とけぬへし
（桜の花が、ただでさえもの悲しい秋の夕ぐれに散るなら、私の命も露と消えてしまいそうだ）

秋に散る桜を仮想して悲傷する一首は、奇想ながら純粋である。

春のきて霞をみれは桜はな又たちかへるこそのおもかけ
（春が来て立ちこめる霞を見ると、また、忘れられない去年の桜の花の面影がよみがえる）

「又たちかへるこそのおもかけ」は、恋を匂わせる。見事に桜に寄せた四季が循環したのである。

花を待つ春に始まって、次の立春を迎えるまでの大連作は、新鮮で意欲的な試みと言えよう。これらの歌は、良くも悪くも、宣長だけの独自の作品である。桜が好きでたまらない心が、時に空回りしつつも、驚くほど素直にうたわれている。

王朝和歌の語彙や語法を用いながら、ふさわしい美意識とそれを支える文体を持たないのが、歌心が無いと言われる所以であろう。しかし、歌心が無くとも、歌は歌であり、それなりに楽しむことができる。

宣長の歌では、とにかく桜が至上のもので、普通の人間が大切にする、恋や孤独、あるいは死後の救いなどが、すべて桜の前に蹴散らされているのが、何ともおかしくて痛快である。自分は鳥や虫になっても桜のそばにいたいと言うのだから、毛虫になっても悔いがないどころか、歓喜するであろう。

桜も散るのは悲しいだろうと、自分の感情を植物に押し付けてやまない。王朝和歌でも、同じような感情はいくらでも詠まれてきたのだが、そこに洗練された美意識が働いていたために、優雅に感じられただけである。だが、桜の後追い心中まで考える、歌の中の宣長にしてみれば、優雅に構えているゆとりはないのである。何しろ、自分は桜の親であり、奴《やっこ》でさえあるのだ。ほとんどストーカー的な片思いである。

宣長の歌は、王朝の美女の十二単を脱がせて、白日のもとに老いた裸身をさらけ出させたようなものである。誰も見たいとは思わないが、やるだけの意義はあっただろう。

「やまと心」の歌と上田秋成

ただ、「敷島のやまと心」の歌は、全くいいと思えない。

しき嶋のやまとこころを人とはは朝日ににほふ山さくら花（『本居宣長六十一歳自画自賛像』）

これについて、上田秋成が『膽大小心録《たんだいしょうしんろく》』で辛辣に批判していることが知られている。

ゐ中《なか》人のふところおやぢの説も、又田舎者の聞いては信ずべし。京の者が聞けば、王様の不面目也。やまとだましひと云ふことをとかくにいふよ。どこの国でも其国のたましひが国の臭気也。おのれが像の上に書きしとぞ。

敷嶌のやまと心の道とへば朝日にてらすやまざくら花

とはいかにいかに。おのが像の上には、尊大のおや玉也。そこで、「しき嶌のやまと心の

なんのかのうろんな事を又さくら花」とこたへた。（第百一条）

秋成は、宣長とは長年の論敵だった。田舎者呼ばわりや、歌の引用が間違っているのはまずいが、「どこの国でも其国のたましひが国の臭気也」は至言である。また、よりによって、自画像に書いた一首であるところが、尊大だというのもよくわかる。

ここには、『枕の山』のような無邪気さが無い。これ見よがしな、いやな歌である。まして、宣長のあずかり知らぬこととはいえ、大平洋戦争末期の一九四四年十月、最初の特攻隊が、この歌から「敷島隊」、「大和隊」、「朝日隊」、「山桜隊」と命名されたことを思うと、やり場のない憤怒を一体どうしたらいいのだろう。

第十七章　近代文学と桜の寂莫

『櫻心中』の面目

近世までの文芸に現れた桜の豊饒さと比較すると、近代文学、とりわけ小説に登場する桜は、影が薄く寂しい。

桜を題名とした小説には、樋口一葉の処女作『闇桜』、泉鏡花の『櫻心中』、坂口安吾の『桜の森の満開の下』などがある。

『闇桜』は、一葉の半井桃水《なからいとうすい》への思慕が投影されているが、幼なじみの青年に恋を打ち明けられずに焦がれ死にする千代子は、いかにも蕾のまま闇に散る花であり、まだ一葉独特の女性の鮮烈な実存が開花していない。そして、『にごりゑ』『十三夜』『たけくらべ』など、一葉が本領を発揮した作品には、桜はほとんど出てこないのである。

『桜の森の満開の下』の実は鬼であった美女と、美女の虜になる盗賊は、たとえば能や歌舞伎の道成寺物の華麗な凄味を思うと、あまりに線が細く、近代の知識人の神経の震えが感じられるばかりである。

梶井基次郎の散文詩「櫻の樹の下には」についても同様に思う。

一言でいうとヤワなのである。

『櫻心中』は、ヤワどころではない。王朝から江戸までの桜文化を自分のものにして、さらに独特の怪奇な美を加えている。鏡花の作品としてはごく普通だが、近代の貧しい桜文化の中では際立つ佳品である。

舞台は鏡花の故郷金沢で、松村雪という美女が、軍隊の行進の邪魔になるので伐られてしまう江月寺の君桜の精と名乗り、夫と慕う兼六園の富士見桜に別れを告げて死のうとする。鏡花の分身である純粋な青年宮田七穂がともに死ぬ決意をするが、そこに青年士官小笠原武一が現れ、桜を伐るのを止めようと言って二人を助ける。だが、これまた鏡花お定まりの敵役である土地の盲人が、女のために法を曲げるのかと割って入り、二人は桜の精となって心中するほかにない。

こうしてあらすじを書くと、何とも荒唐無稽であるが、鏡花の舞うような文体がリアリティを支えている。

「〔前略〕さあ、行《ゆ》きませう。行《い》つて、あの富士見櫻《ふじみざくら》の花《はな》の中《なか》に、貴下《あなた》、お立《た》ち下《くだ》さいましな。そしたら花《はな》の心《こころ》が添《そ》つて、何《なん》とか云《い》つて下《くだ》さるでせう」。

〔中略〕

「これは、串戯《じようだん》ではありません。不思議《ふしぎ》な暗《くら》い森《もり》の中《なか》に、可怪《あやし》い秘密《ひみつ》があるやうで、私《わたし》は身体《からだ》が震《ふる》へます。熱《あつ》い血《ち》が騒《さわ》ぎます、冷《つめた》い汗《あせ》が流《なが》れます。無念《むねん》です、口惜《くちをし》い。が、虚空《こくう》を攫《つか》んで掙《もが》いても、他《ほか》に云《い》ふべき言葉《ことば》はない。……雪子《ゆきこ》さん、いや、櫻《さくら》の貴女《あなた》、私《わたし》も男《をとこ》だ、一所《いつしよ》に死《し》なう」。

(『鏡花全集　巻十六』)

近世までの桜の共同幻想に、軍隊という近代の異物を衝突させた鏡花の眼差しが鋭い。

藤尾を殺す浅葱桜

夏目漱石の『虞美人草』には、印象的な桜の場面がある。終わりに近いところで、ヒロインの藤尾が恋人の小野さんと、自宅の庭の池の辺の浅葱《あさぎ》桜のもとに立っている。この浅葱桜は、青みを含んだ凄艶な八重桜で、前半の藤尾の母と親戚の宗近老人の会話でも話題になっている、甲野（藤尾の腹違いの兄は甲野さんとして登場する）邸の名物である。

甲野さんと、甲野さんの親友で藤尾に思いを寄せている宗近くんの二人が、甲野さんの部屋から、藤尾と小野さんの二人を見る。桜のもとの二人が、室内の二人に気づくと、藤尾は小野さんの胸に、父の形見の金時計を掛けて見せる。自分はこの男を選んだということを誇示したのである。宗近くんは失恋する。漱石いうところの「我の女」藤尾の最後の得意の時であった。

不規則なる春の雑樹《ぞうき》を左右に、桜の枝を上に、温《ぬる》む水に根を抽《ぬきん》でて這い上がる蓮《はす》の浮葉を下に、――二人の活人画は包まれて立つ。仕切る枠《わく》が自然の景物の粋《すい》を集めて成るが為めに、――枠の形が趣きを損なわぬ程に正しくて、又眼を乱さぬ程に不規則なるが為めに――飛石に、水に、椽に、間隔の適度なるが為めに――高きに失わず、低きに過ぎざる恰《かっ》好《こう》の地位にある為めに――最後に、一息の短かきに、吐く幻影《まぼろし》と、忽然《こつぜん》に現われたる為めに――二人の視線は水の向《むかい》の二人にあつまった。と共に、水の向の二人の視線も、水の此《こ》方《なた》の二人に落ちた。見合す四人は、互に互を釘付《くぎづけ》にして立つ。際《きわ》どい瞬間である。はっと思う刹那《せつな》を一番早く飛び超えたものが勝になる。

女はちらりと白足袋の片方を後《うしろ》へ引いた。代赭《たいしゃ》に染めた古代模様の鮮かに春を寂びたる帯の間から、するすると蜿蜒《うね》るものを、引き千切れとばかり鋭どく抜き出した。繊《ほそ》き蛇《だ》の膨れたる頭《かしら》を掌《たなごころ》に握って、黄金《こがね》の色を細長く空に振れば、深紅の光は発矢《はっし》と尾より迸《ほとばし》る。――次の瞬間には、小野さんの胸を左右に、燦爛《さんらん》たる金鎖が動かぬ稲妻の如く懸っていた。

（『虞美人草』）

このあと、小野さんは、恋を捨てた宗近くんに真面目になれと諭され、恩人の孤堂先生の娘小夜子と結婚する決心をする。それではと、藤尾は、宗近くんに金時計を与えようとするが、宗近くんは金時計を暖炉に打ち付けてしまう。誰からも背かれた藤尾は、卒倒し、やがて死ぬ。藤尾の死因ははっきり書かれていない。卒倒が何かの発作であったものか、あるいは、小野さんに習っていたシェイクスピアのクレオパトラのように、毒をあおったものか。大事なことなのに、漱石は、妙に不親切である。

漱石が朝日新聞社に入って職業作家になった第一作であり、凝りに凝った美文と、勧善懲悪的な筋立てで、あまり高く評価されない作品だが、この浅葱桜の場面は、近代文学に数少ない、桜を生かした見事な一節である。

二人と二人の対比が、非常に映像的であり、小野さんと藤尾に浅葱桜の青みのある花影が、破局と死の予兆を投じている。

吉本隆明は、『虞美人草』で、宗近くんが甲野さんに妹糸子の誠を説くところに、文学の初源性があり、それが漱石のほかの作品にも無い『虞美人草』の存在意義だと述べている。

私には、宗近くんは、むしろ、結果的に藤尾を殺した人間であり、それは彼が無意識に望んだことなのではないかという気がするのだが。

甲野家に登場人物が全員集合して、藤尾が追い詰められるクライマックスは、精神的なリンチであり、どう考えても、藤尾はそれほど悪いことはしていないのだ。亡き父が婚約者としたらしい宗近くんは、粗野で勉強ができないから嫌いであり、やさしくて秀才の小野さんが好きだったというだけで、どうして殺されなければならないのか。

小野さんにしても、恩人の娘が自分と結婚するつもりでいるからといって、ほかの女を好きになってなぜ悪いのか。恩返しのために妻とされることこそ、女にとっては屈辱ではないか。

そうした疑問ゆえに、『虞美人草』はかえって忘れられない魅力のある作品である。常の桜色には咲かない浅葱桜には、強烈な自我のままに生きようとする、近代の女の悲劇が映っている。

共同幻想から離れた個としての桜が描き出されているのだ。

『細雪』の月並みな桜

谷崎潤一郎の『細雪《ささめゆき》』には、たいへん有名な花見の場面があり、平安神宮の紅枝垂《べにしだれ》を美しい姉妹たちが着飾って眺める。

あの、神門を這入って大極殿《だいごくでん》を正面に見、西の廻廊から神苑に第一歩を踏み入れた所にある数株の紅枝垂《べにしだれ》、——海外にまでその美を謳《うたわ》れているという名木の桜が、今年はどんな風であろうか、もうおそくはないであろうかと気を揉《も》みながら、毎年廻廊の門をくぐるまではあやしく胸をときめかすのであるが、今年も同じような思いで門をくぐった彼女達は、忽ち夕空にひろがっている紅の雲を仰ぎ見ると、皆が一様に、

「あー」

と、感歎の声を放った。

(『細雪』)

ここでは、桜の美そのものよりも、『古今集』以来の風雅を美しい姉妹が楽しむことに主眼がある。ヒロイン雪子の嫁入り前の花の盛りを桜に重ねて惜しむ、というような戦前の関西の上流ブルジョア家庭の年中行事が、機嫌の良さそうな作家の、嬉々とした筆遣いで描写されている。幸子と貞之助は、花見のあとで、歌さえ詠み交わすのである。歌も、月並みの極であり、それこそが好ましかったのであろう。

袂の長い友禅の晴れ着などを、一年のうちに数えるほどしか着せられることのない悦子は、去年の花見に着た衣裳が今年は小さくなっているので、ただでさえ着馴れないものを窮屈そうに着、この日だけ特別に薄化粧をしているために面変りのした顔つきをして、歩く度《たび》毎にエナメルの草履の脱げるのを気にしていたが、瓢亭の狭い茶座敷にすわらせられると、つい洋服の癖が出て膝が崩れ、上ん前がはだけて膝小僧が露《あら》われるのを、

「それ、悦ちゃん、弁天小僧」

と云って、大人達は冷やかした。（同前）

初期作品から一貫する、異国趣味のような冷徹な眼差しは、この上なく伝統的と見える情景の中に潜んでいるのだ。子どもの悦子の着物がはだけて膝小僧が覗くところ、エナメルの草履のつるりとした感触など、いかにも谷崎らしい隠し味が入っている。

意外にも、着物や帯の詳しい描写が無いのが残念だ。花見に桜の着物は無粋な気もするが、まるで縁の無い着物もつまらない。谷崎ならば何を着せただろうか。

『源氏物語』では、「花宴」の巻で右大臣家の藤の宴に招かれた光源氏は、まだ残っている桜に合わせて桜襲を着ているのである。当然、「花宴」の巻は、この花見の場面を書く時の谷崎の頭にあったであろう。

伝統が見事に相対化された桜である。

『山の音』の病んだ桜

川端康成の『古都』にも、平安神宮の紅枝垂は登場するが、川端なら、『山の音』で、息子修一の嫁菊子をいとしむ主人公信吾が、庭の桜の邪魔をする八ツ手を切るところのほうが、陰影が深い。

「とにかく、この桜の枝はみな残して、自由に自然に、伸びるだけ伸ばしてやろうと思うんだ。八つ手が邪魔だから取ってやったんだ。」と信吾は言った。

「その、幹の裾の方の小さい枝は残しといてくれ。」

菊子は信吾を見ながら、

「お箸《はし》か爪楊枝《つまようじ》のような可愛い枝に、花の咲いてたのは、可愛かったですわ。」

「そうかね。花が咲いていたかね。わたしは気がつかなかった。」

「咲いてましたわ。小さい枝には花が一房で、二つか三つ……。爪楊枝のような枝には、花がたった一つのもあったようですわ。」

「そう?」

「でも、こんな枝が育ちますかしら。こんな可愛い枝が、新宿御苑の枇杷《びわ》や山桜の下枝のように伸びるまでに、私はおばあさんだわ。」

「そうでもない。桜は早いよ。」と信吾は言いながら、菊子の顔に目を向けた。

（『山の音』）

あたかも、花の咲いている小さな桜の枝は菊子、八ッ手は修一のようにさえ読める。古い日本の家族関係に潜む、舅と嫁の近親相姦的な妖しさを、庭木の手入れが象徴しているようだ。しかも、修一には愛人がおり、それを知っている菊子は、せっかく授かった子どもを下ろしてしまったばかりである。静養のためにいったん実家に帰った菊子と、信吾は新宿御苑でひそかに会っている。

川端の桜は、谷崎の桜より、はるかに暗く、病んでいる。八ッ手に苦しめられつつ小さな花をつける若い桜の木が、新宿御苑の桜のように大きくなる頃には、もはや信吾はこの世にいず、美しい菊子は老いているのである。

近代という病を病む桜であった。

小夜嵐の哀しさ

三島由紀夫は、『仮面の告白』、『金閣寺』、『鏡子の家』、『豊饒の海』などを読み返したが、不思議に桜の場面が見つからなかった。多作な作家であるから、全作品に当たったら、桜が無いとも限らないが、三島と桜といえば、私は辞世を思うのである。一九七〇年十一月二十五日、三島由紀夫は自身が率いる「楯の会」会員とともに東京市ヶ谷の自衛隊東部方面本部を占拠し、自衛隊員に演説したのち割腹自殺した。辞世は二首あった。

私の師の春日井建は、三島の絶賛とともに登場した歌人であったから、私は、師に、「三島ともあろう作家が、何故あんな下手な辞世を遺したんでしょう」と尋ねた。師は、「辞世の型を踏まえているから、あれでいいのだ」と答えられたと朧気に記憶している。いずれにしても私は納得できなかったが、師には、上品で優しいうちにも冒しがたい威厳があり、跳ね返り者の女弟子とはいえ、それ以上言いつのることは憚られた。

益荒男《ますらを》がたばさむ太刀の鞘鳴りに幾とせ耐へし今日の初霜

(剛毅な男が腰に差した太刀の鞘が鳴って刃が走ろうとするのに、幾年堪えていざ出陣の今日の初霜)

散るをいとふ世にも人にも先駆けて散るこそ花と吹く小夜嵐
（死ぬことを厭う世にも人にも先駆けて、散るからこそ花は花だと吹く小夜嵐）

今、改めて読むと、「益荒男」の歌は、初霜の凄烈なイメージが立ち上がり、作家三島由紀夫ではなく、一人の行為者の型通りの辞世としてはこれでいいのかも知れないと思う。「小夜嵐」は、俗に過ぎよう。桜が哀しい。あるいは桜幻想とともに死ぬ意志であったか。

第十八章　近現代の桜の短歌

和歌と短歌、桜の位相

短歌の実作者として、古代から中世までの桜の歌の移り変わりを自分なりに先に見た。とりわけ桜を記号として特権化した『古今和歌集』以降は、あたかも桜を共通の貨幣として、歌の美が取り引きされていたと言ってもいいだろう。桜が美しいことは自明の理であった。

だが、近代以降の歌は、形こそ同じ三十一音だが、込められた心は全く異なっている。大きく言って、王権を中心とする共同体に奉仕するのが王朝以来の和歌の最終的な使命であったのに対して、近代以降の短歌は自我を表現する詩と変わった。

和歌の通貨である桜は、短歌においてはその特権的な地位を失う。

一つには、近代短歌を切り拓いた一人である正岡子規の影響が大きい。子規は戦略として、王朝和歌の権威を破壊しようとした。すなわち、『万葉集』を称揚して、『古今和歌集』を徹底的に批判したのである。

そこで、のちに見るように、子規の流れを汲むアララギ系の大歌人斎藤茂吉には、桜の名歌と言われるものがないという結果になったのだ。

しかし、これをもって、近代以降の短歌が、王権と共同体そして桜の呪縛から完全に解放されたと言うことはできない。

近代はおろか、現代に至っても、個人の確立も覚束ない日本社会である。ともすれば脆弱な自我はうつろになり、その虚を突いて、国家主義の嵐が吹き荒れる。現在の状況にも通う危機が訪れると、歌における個人は吹き飛んでしまう。

戦争協力は短歌だけの問題ではないが、古代から、天皇制国家と骨絡みの関係で推移してきた歌というものには、その下地がじゅうぶんにあった。「お上」からの圧力のみならず、七七の下の句で唱和する短歌形式そのものが、共同体への奉仕を欲するのである。宮中歌会始に、歌人が選者として出仕するシステムも今に至っている。

私が何としても無念なのは、斎藤史（一九〇九―二〇〇二）のように、二・二六事件（一九三六）に巻き込まれた怨念を、モダニズムの方法論で華麗にうたい得た才能をもってしても、いざ戦争に際しては、むしろそれゆえにこそ、水を得た魚のように、虚しく美しい「みいくさ」

をうたい続けてしまうことになったという歌のアイロニーである。歌における「私」は「公」にやすやすと身を委ねるのである。

現在は若者たちの自由な短歌が盛んになって喜ばしいことだが、一方で、日本の根源的な闇につながっている「ヤバイ」詩型としての短歌を常に認識しなければなるまい。「その時」は、あるいはもう来ているのかも知れないのだ。才に任せて感覚の冴えのみを競っているうちに、あるいはまた、慎ましく「私」をうたっているつもりでいながら、「公」なるものの恐ろしい陥穽にはまり込んでいたということがないとも限らない。年代やエコールを問わず、短歌に関わる者すべてが過去を顧みて警戒しなければならない。

戦前に国家主義のシンボルとして利用された桜には、今も魔手が伸びている。

短歌においては、軍歌ほど直接的に桜が用いられたわけではないが、ほかの花とは異なる象徴的機能は現在まで残っているのだ。

その中で、歌人たちはどのようにそれぞれの桜観を提示しているのか。

近代の巨人たち

清水《きよみづ》へ祇園《ぎをん》をよぎる桜月夜《さくらづきよ》こよひ逢《あ》ふ人《ひと》みなうつくしき　与謝野晶子

『みだれ髪』（一九〇一）所収。近代短歌の扉を開いた桜だ。地名の「祇園」と、造語の「桜月夜」がいかにも晶子である。王朝の姫君の桜ではなく、舞妓や芸妓の街の桜が、しかも月と相照らして魅力を放っている。さらに、白粉を厚く塗った職業人の女たちが、桜にも月にも負けず「みなうつくしき」であることは、歌のロックンロールと言いたいパワーの爆発だ。

絵葉書のようだという批判もあるが、通俗を恐れない本能的な力は、これあってこそ、近代の厚い扉をこじ開けたのだという感慨をもたらす。本来、教科書などでお手本のようにありがたがるべき歌ではなく、むしろ公序良俗を蹴散らす暴力的な一首なのである。

このパワーを現代に受け継いでいるのは、やはり俵万智（一九六二―）であろう。与謝野晶子が「君死に給ふことなかれ」（一九〇四）をうたったような、世に物申す気概は俵も備えている。

櫻桃《あうたう》の花しらじらと咲き群るる川べをゆけば母をしぞおもふ　　斎藤茂吉

ブルガリアのソフィアに櫻が咲くといふその櫻ばな一日《ひとひ》おもへり　　同

ともに『霜』（一九五一）所収。刊行は戦後だが、一九四一年と四二年の歌を収めている。茂吉には戦意高揚のための作品と目される歌も多いが、国家主義のシンボルとしての桜は無いと言っていいだろう。桜の歌そのものがほとんど無いのだ。

山形の人である茂吉にとっては、桜と言えば、一首目に見られるようにまず「櫻桃」なのである。花としての華麗な美しさよりも、果実を育む素朴な情感が、亡き母への思いを呼び覚ました。第一歌集『赤光』の有名な連作「死にたまふ母」にうたわれた母である。

二首目は、日本の風土から遠く離れたブルガリアのソフィアの桜であり、「ソフィア」という言葉の響きに、はからずもギリシャ語の「智恵」の意味が重なって興味深い。地方出身者の根っこは残していても、現実には都会のインテリゲンチャであった茂吉らしい、知性と滋味の相俟った歌である。

この茂吉の両面のうち、知識人としての顔がともすれば隠れがちであるのが、とりわけ近代以降の歌の偏頗さであり、戦争協力にもつながった弱点だろう。それは今に至るまで解決されていない問題なのである。

うすべにに葉はいちはやく萌えいでて咲かむとすなり山桜花　　若山牧水

『山桜の歌』（一九二三）所収。牧水（一八八五―一九二八）と言えば、若い日ののびやかな恋の歌がよく知られているが、壮年の牧水は花を静かに眺めている。葉より花が先に出る染井吉野と違って、薄紅の葉が花と同時に萌え出す山桜のしっとりした美しさが、独特の魅力ある韻律に乗せられている。

「咲かむとすなり」は、動詞の終止形に接続する「なり」が伝聞・推定の意味になるので、〈咲こうとするようだ〉と、あたかも山桜の意志を想像したような童話的な味わいがある。「山桜花」の体言止めの安定感も、現代短歌には無いものだ。

牧水の流麗な韻律は天性のものだが、王朝和歌の妖艶な曲折とは異なっている。桜観もまた、自明の美ではなく、山桜の個性をくきやかに見つめるのが、牧水の愛情に満ちた眼差しである。

櫻の花ちり〳〵にしも／わかれ行く　遠きひとり／と　君も　なりなむ　　釈迢空

釈《しゃく》迢空《ちょうくう》／折口信夫（一八八七―一九五三）は、卒業する学生に頼まれると、この歌（『春のことぶれ』一九三〇）を書いて渡したという。だが、祝意が全く感じられず、「遠きひとり」に、自分のもとを去って行く学生に対する呪いのようなものが伝わってくるのが恐ろしい。この恐ろしい先生に出会いたかった。

桜は、ここではもっぱら別れの花で、美しさは捨象されている。和歌を知り尽くした迢空にとって、桜の美は改めて述べるまでもないものであったか。

迢空は、養子春洋《はるみ》を硫黄島の玉砕で失った。伝えて来た学問も無力であったとの思いが深く、戦争に敗れると山にこもった。

「桜百首」

桜ばないのち一ぱいに咲くからに生命《いのち》をかけてわが眺めたり　岡本かの子

狂人のわれが見にける十年前の真赤きさくら真黒きさくら　同

岡本かの子（一八八九—一九三九）の短歌は小説ほどには評価されないが、与謝野晶子よりも沈潜した独特の生命感が心に残る。

一首目は『中央公論』に掲載された「桜百首」の代表作である（後『浴身』一九二六所収）。短篇小説『老妓抄』（一九三八）所収の「年々にわが悲しみは深くしていよよ華やぐいのちなりけり」を先取りしたかのような生命力の謳歌である。

桜と一対一で対峙する「われ」の存在は重い。現在の私たちの存在の軽さからは想像もつかない、天体のような重厚な「われ」なのだ。桜自体も、日本的美意識と言うよりも、宇宙的なめくるめくような感覚でとらえられている。

二首目は、錯乱の中で幻視した光景らしい。原色のぼってりした桜の量感がまがまがしい。この世界を発展させたら、どのような境地に至ったか、興味深い。

絢爛たる桜はまさにかの子にふさわしい花であった。美しいか否かを問う前に迫ってくるところも、桜とかの子は共通している。

だが、かの子の芸術家としての狂気を容れるには、短歌は小さ過ぎる器だったのだろうか。

『新風十人』の世代

夕光《ゆふかげ》のなかにまぶしく花みちてしだれ桜は輝《かがやき》を垂る　佐藤佐太郎

昼みてし牡丹桜の豪《おほ》いさや守宮《やもり》ゐすくみ障子暮れおつ　坪野哲久《てつきゆう》

風吹いて櫻花《あうくわ》のさつと散り亂《みだ》るはやどうとでもわがなりくされ　前川佐美雄

山の手町がさくらの花に霞む日にわが旅行切符切られたるなれ　斎藤史

佐藤佐太郎（一九〇九—八七）、坪野哲久（一九〇六—八八）、前川佐美雄（一九〇三—九〇）、斎藤史は、いずれも一九四〇年という、日本が真っ逆様に破滅に向かってゆく時期の合同歌集『新風十人』に参加している。しかも同年に、哲久、佐美雄、史の三人が素晴らしい歌集を出している。これは偶然と言うにはあまりの出来事である。

佐太郎の歌だけが後年のものだ。佐太郎は茂吉に師事し、同じく写実から象徴に達する作風であったが、茂吉の八方破れな奔放さはなく、ある意味で師よりも純粋に短歌形式を極めた。この桜の一首（『形影』一九七〇）は真骨頂と言えよう。「輝《かがやき》を垂る」という桜の本質の把握が澄みわたっている。物の本質を光によってとらえるのは、佐太郎独特の手法である。現場で出会った一回性の桜の美を、余すところなく一言で表現した。

哲久は、プロレタリア歌人として、口語自由律短歌から出発した。労働組合運動やストライキに参加して検挙される経験を経て、やがて文語定型短歌に移行する。戦時中は思想的圧力を受けて活動の場を狭められていた。

題名も『桜』（一九四〇）所収の一首は、豪奢な牡丹桜と対比される守宮の姿に、自己の鬱屈が投影されている。咲き誇る牡丹桜には、日本の「国体」すべてが盛り込まれているとも読めるだろう。

佐美雄は、シュルレアリスム及びモダニズムから、日本浪漫派に近づき、独自の形而上学的世界を創った。桜に託した自己の存在に対する怒りは、類を見ない痛ましさである。風に舞う儚い桜の美が、怒りの対象となっている。

佐美雄最高の歌集と目される本首所収の『大和』（一九四〇）は、狂乱と落下のモチーフが多くうたわれる。佐美雄の存在論的な憤怒は理解されないまま、戦後は便乗主義者として糾弾される不遇に遭った。

史の一首（『魚歌』一九四〇）は、佐美雄と共にモダニズムの中心にいた初期の華麗な作品である。ヨーロッパ映画の一場面のようだ。この青春の香気が、父が二・二六事件に連座したことから、無残に過去のものとなる。

日本のモダニズム自体が脆弱なものであったというのはたやすい。しかし、この一首の新しい桜の美しさは現前する。それだけに戦争の中で崩壊して行った個人の美意識が惜しまれてならない。

うはしろみさくら咲きをり曇る日のさくらに銀の在處《ありか》おもほゆ　　葛原妙子

美というただ一点において桜と向き合った同世代の歌人がいる。葛原妙子（一九〇七―八五）である。三十で歌に志した妙子は、「戦争で一物もうしなうことのなかった」まま、戦後に大輪の花を咲かせ、現代短歌にも絶大な影響を与えている。自己の感覚のみを信じて、日常の事物に恐ろしい深奥を見ようとし、桜に「銀」を発見する（『薔薇窓』一九七四）。

ある意味で初めて、桜は本当に美しいのかという問いを背負った歌人であろう。茂吉の写実を学び、佐太郎を敬愛した妙子は、「歌とはさらにさらに美しくあるべきではないのか」をテーゼとして、女の身ひとつで西欧とカトリシズムに対峙し、文字通り力尽きて筆を折るまで闘った。歌人としては稀有な、近代の芸術家としての生を全うしたと言えるだろう。

戦後信州に隠棲した斎藤史は、妙子の死後も、健やかに長寿を保って芸術院会員となり、今上天皇と、二・二六事件に連座して禁錮刑となった亡父斎藤瀏《りゅう》について意味深長な会話を交わしている。それが、天皇制国家と史との暗黙の和解であったかも知れないが、第三者にとっては納得のいかない結末である。

ならば、歌とは何なのか。歌人とは何なのか。歌はついに共同体の外には出られないのか。この問題は、またあとで述べよう。

前川佐美雄は、塚本邦雄を中心とする前衛短歌の中で再評価された。そもそも、塚本邦雄、山中智恵子、前登志夫（一九二六―二〇〇八）の三人の大歌人がすべて佐美雄門下だったのは、奇跡的なことである。佐美雄の歌には、その三人の誰よりも解きがたい謎がある。

『新風十人』の世代に、もう一人忘れてはならない存在がいる。宮柊二（一九一二―八六）である。北原白秋の門下だった柊二は、中国であえて一兵卒として五年間を前線で過ごした。「ひきよせて寄り添ふごとく刺ししかば声も立てなくくづおれて伏す」などの歌を収めた、戦争文学の金字塔である歌集『山西省』（一九四九）を刊行し、戦後は近藤芳美（一九一三―二〇〇六）と共に新しい短歌の先頭に立った。桜の歌の陰画として柊二の戦争詠があるのだ。

前衛短歌の世代

鬱金櫻朽ちはてけり心底にとあるすめろぎを弑《しい》し奉る　　塚本邦雄

歳月はさぶしき乳《ちち》を頒《わか》てども復《ま》た春は来ぬ花をかかげて　　岡井隆

さくら散る三千院のきざはしに鎮《しづ》めあへぬとひとのいひしか　　山中智恵子

さくら咲くその花影の水に研ぐ夢やはらかし朝《あした》の斧は　前登志夫

母よりも生きて見る花ひらひらと唐土《もろこし》までの思いするかな　馬場あき子

前衛短歌と呼ばれる運動が、一九五〇年代から一九六〇年代に興った。塚本邦雄、岡井隆、寺山修司（一九三五—八三）などを中心として、近代短歌の私性を払拭し、戦前のモダニズムとは異なる構築的な方法論による短歌の革新を図った。様々な区切り方があろうが、私はこの前衛短歌からを現代短歌と考えたい。

塚本邦雄は、藤原定家にその身をなぞらえ、新古今和歌集の美学を根幹としたが、文体は全く異なっている。三十一音の階梯のみを短歌として、その内ではいかなる自由も許されるとした。

一首（『献身』一九九四）は珍しい「鬱金櫻」を素材としながら、その桜も朽ち果てた荒涼の景を提示している。日本的な湿潤の美を否定した邦雄にふさわしい。「とあるすめろぎ」とは、定家との葛藤から後鳥羽院かとの読みもできるが、端的に昭和天皇とも考えられる。戦争で青春を奪われたことに深い怨念を抱いていた邦雄である。

しかし、現実の昭和天皇の死に際して、痛烈な「誄歌《るいか》」を詠んだのは、山中智恵子ただ一人であった。検閲も右翼の攻撃もなかったが、もしあったとしたら、智恵子を生け贄として、短歌と歌人たちは生き延びたであろう。

邦雄の盟友であった岡井隆（一九二八—）は、前衛時代の左翼的立場から一転して、一九九三年、宮中歌会始の選者となった。当時歌壇に大きな批判が起きたが、今では嘘のように静まり返り、より若い世代が続々と歌会始選者になっている。日本人特有の健忘癖がここでも発揮された。隆自身は、この「転向」さえも歌の肥やしとして実らせた感があり、以後もますます意欲的に、詩人としても活動する。宮中御用掛までを務め、芸術院会員、文化功労者などの現世的栄誉に次々と浴することになる。

「転向」以前の一首（『歳月の贈物』一九七八）は、旧約聖書の雅歌を思わせる格調の高さである。「花」ならば桜と取っても読めるだろう。「歳月はさぶしき乳を頒てども」のほろ苦さに、芳醇な酒のような生の味わいがある。

山中智恵子は、前衛短歌の面々、すなわち、邦雄、隆、修司、春日井建などが集った『極』（創刊号のみ）の同人だった。

一首（『虚空日月』一九七四）は恋の歌である。「私の歌はすべてが恋の歌」とかつて講演で自身が語ったが、これは桜が散る京都の三千院のきざはしという、具体的な場面も描かれている。難解とされる智恵子の作品の中では例外的にわかりやすい歌だが、互いに「鎮めあへぬ」

魂の出会いが一首の肝である。桜と恋と京都という一般的な美の三点を押さえて、なおかつ通俗に陥らない詩的高揚が作者ならではだ。

前登志夫は、前衛歌人たちと同世代だが、むしろ同じ前川佐美雄門下の邦雄に反発する立場だった。

一首（『霊異記』一九七二）は初期の代表作である。吉野に生まれ育ち、現代詩人としてひとたび出発しながら、また吉野に帰って山人の人生を全うした歌人が、吉野の山の精霊とも言うべき桜と交感している。

咲き満ちた花影を映す水で斧を研ぐ、うたびとはまた、木の命を狩る山人である。桜に魅せられながら、いつかその命を狩る日を夢見るのである。桜と山人の夢は生ある限り続くのだ。

女神のような妖しい桜は、登志夫にとって、美さえも超えたものであろう。

馬場あき子（一九二八―）は、前衛短歌の後から走り出した歌人である。

安保闘争の敗北から、若い日に馴染んだ日本の古典に向かって、「私」を大きく劇的に開いて行った。歌集の題名からもわかるように、その世界の鍵は桜だった。あき子にとって、かつての軍国主義の桜ではない、本当に美しい桜が存在しなければならなかった。

一首（『桜花伝承』一九七七）の桜もそのようにして必然的に見出された。幼い日に失った母よりも長く生きて見る「花」には、はるかな「唐土《もろこし》」まで誘われるような深い美しさがあるのだ。

紫式部の娘大弐三位《だいにのさんみ》の「はるかなるもろこしまでもゆくものは秋の寝覚の心なりけり」（『千載和歌集』）の本歌取りである。ここには三位の偉大な母への憧れもあるだろう。

前衛短歌の世代では、国家主義の利用によって忌避されて来た桜が、時を経てもう一度歌人たちの前によみがえっている。桜は改めて歌の素材となるわけだが、千年以上詠まれて来た歴史の蓄積と向き合うのは、どんな歌人にとっても至難の業である。

その中で屹立する、現代の桜の名歌を次に挙げよう。

現代の桜の名歌

夜ざくらを見つつ思ほゆ人の世に暗くただ一つある〈非常口〉　高野公彦

あはれしづかな東洋の春ガリレオの望遠鏡にはなびらながれ　永井陽子

高野公彦（一九四一―）は、宮柊二に師事し、現代歌人の中でも、特に言語感覚に卓越している。言葉の可能性を追求するという意味で、塚本邦雄以後、最高の歌人であろう。

一首（『雨月』一九八八）は、結びの「〈非常口〉」一語が勝負である。他の何を持って来ても歌にならない。夜桜の闇に、緑色の非常灯がともっているようだ。

もっとも、これが何を指すのかという解釈は、人によって違うようだ。私は「人の世にただ一つある〈非常口〉」を死と考えた。夜桜に死を連想したと思ったのだが、あるいは「夜桜」そのものが「〈非常口〉」であるという読みも成り立つ。

言葉が明快でありながら、謎の深い名歌である。

永井陽子（一九五一―二〇〇〇）は、古典文学や音楽に造詣が深く、音楽的な韻律に優れている。

一首（『ふしぎな楽器』一九八六）は三好達治の詩『甃のうへ』の本歌取りである。「あはれ花びらながれ」という冒頭の一行が、初句と結句にはめこまれている。

「あはれしづかな」という初句七音の字余りは、塚本邦雄が使い始めて広まった形だ。「ガリレオの望遠鏡」に遊び心があって愉しい。いかにも「東洋の春」を体現した一首である。

口語短歌の世代

さくらさくらさくら咲き始め咲き終りなにもなかったような公園　　俵万智

『サラダ記念日』（一九八七）所収。バブル期の真っ只中に、俵万智の口語短歌は国民的スケールで迎えられた。その秘密は何だったのか。

万智は早稲田大学で国語・国文学を専攻した。佐佐木信綱（一八七二―一九六三）以来の結社「心の花」で、万葉学者の歌人佐佐木幸綱（一九三八―）に師事している。

口語と言っても、その文体の骨格は文語である。三十一音のリズム感が躍動的で覚えやすい。また、内容的には、明るく軽やかな一方で、古風な面があり、崩壊しようとする日本的な共同体への帰属意識をかき立てた。これらの特質が大きく作用したと考えられる。

「さくらさくらさくら」の一首も、上の句が対句で覚えやすいつくりである。対照的に下の句で、「なにもなかったような公園」と大胆に言い放つのが印象的である。

桜が咲いて散って、結局何もなかったようだというのは、王朝和歌の美意識そのままだ。藤原家隆の「桜花夢かうつつかしら雲の絶えてつれなき峯の春風」（一二〇頁参照）を振り返っていただきたい。

俵万智は、千年余り日本人が伝えて来た桜の共同幻想を、新しい意匠で現代に再確認したのであった。

はなをのせシャワーの霧が藍いろの谷をくだるとだれに語ろう　　加藤治郎

加藤治郎（一九五九―）は、俵万智と同じ年に、第一歌集『サニー・サイド・アップ』で共に現代歌人協会賞を受けた。岡井隆門下、すなわち子規の流れを汲むアララギ系の歌人である。口語短歌は前衛短歌の最後のプログラムだと規定し、前衛短歌を受け継ぐスタンスで歩んでいる。

一首（『マイ・ロマンサー』一九九一）の「はな」は一般的な花のようだが、一応ここは桜と読んでおこう。恋人がシャワーを浴びている場面のようだ。「はな」は花そのものでもあり、「藍いろの谷」の形象から、エロスの比喩としても考えられる。治郎の得意とする性愛の歌であろう。

口語である以外には、詩的論理が通り、結びの「だれに語ろう」の詠嘆まで、短歌としてきっちりと構築されている。

桜の美意識は薄いが、共同幻想自体が揺るがされることはない。短歌の共同体も新しい血を入れて活性化した。

「キバ」「キバ」とふたり八重歯をむき出せば花降りかかる髪に背中に　　穂村弘

穂村弘（一九六二―）のデビューは衝撃的だった。第一歌集『シンジケート』（一九九〇）は、若い世代に熱狂的な歓迎を受けた反面、短歌共同体を形作っていた歌人たちからは、「わからない」という不安の叫びが上がった。その一人、石田比呂志（一九三〇―二〇一一）は、青山の斎藤茂吉の墓前で腹を切って死ぬとまで言ったのである。

同集に一首だけある「花」は、「降りかかる」ことからまず桜であろう。しかし、「キバ」「キバ」と動物の真似をする若者たちに出会った桜は、あまりにも無力であり、正面切って立ち向かうこともなく、背後から降りかかるのみである。

桜の共同幻想は、あってなきがごとくに扱われた。

これは穂村弘特有の方法論だった。戦って否定するのではなく、指を鳴らして消してしまう。短歌共同体についても同じだった。結社に属することもなく、師事する歌人もいないが、歴史や伝統と対立するわけではない。自分に受け入れられるものは柔軟に受け入れ、そうでないものには触れない。

結果として、およそ四半世紀後の穂村弘は、短歌界のオピニオンリーダーとなった。評論集『短歌の友人』（二〇〇七）で伊藤整文学賞を受賞したことも与ったが、歌の読みに見せる繊細な感受性と並外れた分析力とが、歌人たちの信頼を勝ち取ったと言えるだろう。暗く重い共同幻想は背負わなくとも、短歌に責任を持つことができるということである。そして、外部に窓を開きたい短歌共同体にとっても、必要欠くべからざる人材と認定された。

第一歌集の題名となったシンジケートは、子どもを生み継ぐ時間的かつ有機的な共同体ではなく、盟約によって自由に参加できる空間である。これが開かれたことは、短歌共同体に加わりたくない若者たちにも、詩や小説や漫画や映像と並ぶ形で、短歌という選択肢を提示する現在につながった。

独りうたう女たち

さて、口語短歌の時代をリアルタイムに生きた自分自身はどうだったのかと言えば、途方にくれたというのが正直なところである。

俵万智については只者でない実力はわかったが、あまりにも健康な世界観が、三島由紀夫や川端康成が大好きで、死や破滅に惹かれやすい私とは合わなかった。加藤治郎の考えは理解できたが、アララギ系の徹底したリアリズムには抵抗があった。

そして、穂村弘は全くわからなかった。私たちはもうすぐ死んでしまうのに、どうしてこんな子どものようなことを書いているのだろうと思った。本人にそう言うと、彼は、僕たちは死なないかも知れないじゃないかと言った。

自分が本当に共感し、憧れたのは、次のような歌人たちの作品である。

いつまでもいつまでもとはわらふべきわれにて候　桜に病めば　紀野恵

ユニコーンの角のようなる独身のわれは桜並木をあるく　大滝和子

紀野恵（一九六五―）と大滝和子（一九五八―）は、偶然二人とも岡井隆門下だが、この二人については、師の影響は関係ないだろう。それぞれ独自の作風を持つ、天才肌の歌人である。紀野恵は少女時代から古典和歌に親しみ、十代で王朝風口語文体を創り上げた。塚本邦雄でさえ、娘のような彼女に本気で文法論争を仕掛けたりした。今も古典の世界を現代の視点で詠み変えるという、余人にはできない仕事を着々と積み重ねている。

一首（『さやと戦げる玉の緒の』一九八四）は、「いつまでもいつまでも」に桜と恋を掛けて、古典的な二重映しと見せながら、「桜に病めば」で共同幻想を相対化する。

大滝和子は宇宙的感覚で、スケールの大きい哲学的思考をうたい続けている。歌集を出すごとに若者たちにも敬意をもって読まれるのは、歌人が古今東西を渉猟して次々に開示する真実に、紛れもない血が通っているためである。

一首（『銀河を産んだように』一九九四）はユニコーンの高貴と孤独が毅然として桜と対峙している。

彼女たちの仕事は、尊敬されつつも、短歌史の表面にはなかなか浮上して来ない。それは、葛原妙子や山中智恵子も同様だった。一つには、短歌に限ったことではないが、もっぱら男たちが歴史を書いて来たという事情がある。現在では、阿木津英（一九五〇―）や川野里子（一九五九―）をはじめとして、女の優れた論客も現れている。女による女の歌の評価がもっと進んでほしいものだ。

最前線と幻想のスタンス

日本は若者たちが貧困に苦しむ国になった。バブル期に華々しく登場した口語短歌は、今では多くの歌人が口語文語混合文体でうたうまでに浸透した。その一方で、あえて文語を選び取る若者たちもおり、短歌の最前線は、厳しい現実に向かって新たな局面を迎えようとしている。

美日本さくら愛ち県西イノセント市立目を見て話すが丘小学校　　斉藤斎藤

斉藤斎藤（一九七二―）は短歌と歌人から、ありとあらゆる虚飾を引き剝がし、今の日本で歌を作ることの意味を問う。

一首（『人の道、死ぬと町』二〇一六）には、「悲劇は、くり返しません」という詞書がついている。「今だから、宅間守」という一連の中にある。この「さくら」は狂ったような「美日本」と「愛ち」に挟まれて異様な相貌を見せている。日本が桜に背負わせた罪の集大成を思わせる苦しげな姿である。

ぼくの人生はおもしろい　18時半から1時間のお花見　　永井祐

永井祐（一九八一―）には、静かな無頼の心が見える（『日本の中でたのしく暮らす』二〇一二）。日本も人生も桜も、何一つ否定しないが、現実にも幻想にも与しない。「ぼくの人生はおもしろい」も「日本の中でたのしく暮らす」もアイロニーでもあり、希望でもあるだろう。ぐっと腰を落とした態勢で、ただ一つ確かな言葉である「18時半から1時間のお花見」に向かおうとしている。ここから立ち上がるのか、座り込むのか、したたかな手応えである。

すべてが過剰だったバブル期の口語短歌の、次のページを開いた歌人と言えよう。

葉桜は花の否定のただなかに樹《た》ちつつdead or asleep　吉田隼人

吉田隼人（一九八九―）は、文学としての短歌の新たな旗手である。粘り強く論理を重ねるような文体によって、短歌が覆われている分厚い既成概念の「ぺるそな」を外し、「直面《ひためん》」をあらわにしようとする力業が持ち前だ。

一首（『忘却のための試論』二〇一五）は「花の否定のただなかに」死をもって屹立しようとする葉桜をうたい、桜幻想に立ち向かう。

銃声は空にひびきて戦死者の数だけさくらさくら散り初む　鳥居

鳥居は、苛酷な少女期を生きて、文字通り短歌に自身の存在意義を見出した歌人である。近代短歌以来の「私」とも見えるが、それを突き抜けたところに、透徹した時空が開かれる。

一首（『キリンの子』二〇一六）は、平明な調べの内に、近未来を映し出すような恐ろしいリアリティを持っている。

この歌を現実としてはならない。

桜幻想は、幻想として死ぬべきであろう。

第十九章　桜ソングの行方

『桜流し』から

桜ソングという、桜をうたうポピュラー音楽の流れがある。

私は、音楽については、あまり知らず、桜ソングのことも全く知らなかった。

だが、一九七〇年にリアルタイムで聴いて強烈な記憶となっていた藤圭子が、この夏（二〇一三年八月二十二日）に悲劇的な最期を遂げてから、彼女の歌を毎日聴くようになり、娘の宇多田ヒカルに『桜流し』という美しい曲があることを知った。二〇一二年に映画『ヱヴァンゲリヲン新劇場版：Q』のために発表されたもので、今聴くと、母への思いが深くこめられていたように感じる。

『桜流し』を聴いてから、二〇〇〇年代になってからの若者の音楽に、桜をタイトルにしたものが多数あるのを知って驚いた。

福山雅治の『桜坂』（二〇〇〇）、宇多田ヒカルの『SAKURAドロップス』（二〇〇二）、コブクロの『桜』（二〇〇五）、いきものがかりの『SAKURA』（二〇〇六）、『花は桜　君は美し』（二〇〇八）などが代表的だと思うが、まだほかにも、卒業式にぴったりの森山直太朗の『さくら』（二〇〇三）など数えきれないほどだ。

「まえがき」で林あまりの歌を引いたが、そこから坂本冬美のヒット曲『夜桜お七』が生まれたのは、一九九四年である。

桜と軍国主義

桜をうたうことは、戦後の歌謡曲にとって、短歌以上に長くタブーであったはずだ。言うまでもなく、軍歌と桜の忌まわしい記憶のためである。

「花は桜木、人は武士」という、散華をよしとする暴力的な価値観は、そのまま近代の軍隊に移され、桜は軍国の花となった。しかも、その桜は、成長が早く、クローンであるがゆえに、一斉に咲いて一斉に散る染井吉野だった。

すでに明治時代から、軍歌には桜がモチーフとして使われたが、中でも有名なのは、西條八《や》十《そ》原作の『同期の桜』であろう。

一番が「貴様と俺とは同期の桜　同じ兵学校の庭に咲く　咲いた花なら散るのは覚悟　みごと散りましょ国のため」で始まり、最後の五番では、「貴様と俺とは同期の桜　離れ離れに散ろうとも　花の都の靖国神社　春の梢に咲いて会おう」という、文字通り、戦死を散華《さんげ》として美化し、靖国神社で「英霊」となって咲く未来を讃えた歌である。特攻隊員に人気があり、半ば自然発生的に広まったという。

同じく西條八十作詞の「若い血潮の予科練の　七つ釦《ボタン》は桜に錨」の歌詞で知られる『若鷲の歌（予科練の歌）』とともに、若者を鼓舞して戦争に向かわせたといわれる罪深い歌である。

私は戦争を全く知らないが、両親は大正生まれの戦中派で、母の兄は特攻隊で生き残ったのち沖縄で戦死、父は陸軍士官学校出身の元職業軍人、しかも近衛師団で戦争中は皇居にいたという、同世代では例外的に戦争の影を大きく引きずった家庭だった。だが、戦後も鶴田浩二がうたっていた『同期の桜』は、ほとんど話題に上ることがなかった。母がよくうたっていたのは、むしろ厭戦的な『戦友』や、物悲しい『海ゆかば』だった。

また、軍歌だけでなく、一九三四年にはすでに、「ハア　花は桜木　九千余万　ヤットサノサ／散らばパッと散って　散って散って散って　パッと散って／ならばなりたや　エーならばなりたや国のため／シャンシャンシャンシャンときて　シャンとおどれ　さてシャンとおどれ」という、国家主義的な歌詞を持つ『さくら音頭』が流行している。

桜ソングの氾濫

一九七六年に美空ひばりがうたった『さくらの唄』、同じ年に小柳ルミ子がうたった『桜前線』、八一年に松田聖子がうたった『チェリーブラッサム』などが、戦後の桜ソングの初めだろう。チェリーブラッサムという英語に、桜に対する微妙な抵抗感がよく出ている。

そして、徐々に増えてきた桜ソングは、二〇〇〇年代から激増している。

これは、何を意味するだろうか。

ひとつには、戦争を体験した世代が少なくなり、曲を作る側も聴く側も、軍歌と桜の忌まわしいイメージそのものを知らないという、端的な理由があるだろう。桜に罪は無いのだから、これはいいことに違いない。

しかし、ほとんど桜ソングの氾濫とも言えるほどの今世紀の状況を見ると、やはり、それだけではないだろう。

これらの桜ソングを聴くと、発音が英語に近いのか、従来の日本語から少し離れた印象なのに対して、歌詞の多くが王朝和歌を思わせるのが、面白く、不思議である。そして、どれも、きわめて優しい個人と個人の関係をうたっている。

私はこれらをすべて探して聴き、参考のために、『同期の桜』と『若鷲の歌』も聴いたのだが、当然ながら、歌唱と歌詞の関係が全く異なるのに、改めて気づいた。

『同期の桜』や『若鷲の歌』では、日本語の発音がきわめて明瞭であり、意味内容を完全に伝達するようにうたわれている。戦争に向かわせるという目的意識がはっきりしているから、音楽は、あくまで歌詞に従属し、気分を盛り上げるためのものである。

現代の桜ソングにおいては、歌詞と音楽が一体となって、あるイメージやメッセージを手渡すことが重視されているようである。そこに桜が、介在する。

王朝和歌への接近と個人の顔

もちろん、桜の入ってくる角度は、それぞれの曲で違う。

福山雅治『桜坂』　作詞　福山雅治

君よずっと幸せに／風にそっと歌うよ
愛は今も　愛のままで
揺れる木漏れ日　薫る桜坂／悲しみに似た薄紅色
君がいた　恋をしていた／君じゃなきゃダメなのにひとつになれず
愛と知っていたのに／春はやってくるのに
夢は今も　夢のままで

頬にくちづけ　染まる桜坂／抱きしめたい気持ちでいっぱいだった
この街で　ずっとふたりで／無邪気すぎた約束
涙に変わる
〔後略〕

福山雅治の『桜坂』では、桜坂は、恋人と逢った場所であると同時に恋人そのものの比喩でもある。「薫る桜坂」、「染まる桜坂」という、古典を思わせる美しい表現がそうだ。「薫る桜坂」には、私は藤原定家の「さくら花ちらぬこずゑに風ふれててる日もかをる志賀の山ごえ」（二四六頁参照）などを連想してしまったが、さすがにそれは深読み過ぎるだろう。ただ、歌唱はかなり英語的に、ひとつひとつの音を前に出しているので、曲としての印象は、日本的というわけではない。

コブクロ『桜』　作詞　小渕健太郎／黒田俊介
名もない花には名前を付けましょう　この世に一つしかない
冬の寒さに打ちひしがれないように　誰かの声でまた起き上がれるように
土の中で眠る命のかたまり　アスファルト押しのけて

会うたびにいつも　会えない時の寂しさ
分けあう二人　太陽と月のようで
実のならない花も　蕾のまま散る花も
あなたと誰かのこれからを　春の風を浴びて見てる
桜の花びら散るたびに　届かぬ思いがまた一つ
涙と笑顔に消されてく　そしてまた大人になった
追いかけるだけの悲しみは　強く清らかな悲しみは
いつまでも変わることの無い
無くさないで　君の中に　咲く　Love…
街の中見かけた君は寂しげに　人ごみに紛れてた
あの頃の澄んだ瞳の奥の輝き　時の速さに汚されてしまわぬように
何も話さないで　言葉にならないはずさ
流した涙は雨となり　僕の心の傷いやす
人はみな　心の岸辺に　手放したくない花がある
それはたくましい花じゃなく　儚く揺れる一輪花
花びらの数と同じだけ　生きていく強さを感じる

嵐　吹く　風に打たれても　やまない雨は無いはずと

〔後略〕

コブクロの『桜』は、その点、ここに挙げた中では、最も従来の日本語に近い発音である。そして、歌詞全体で桜がうたわれているのではなく、むしろ、「名もない花」や「儚く揺れる一輪花」に意味上の主眼はあるのだが、音楽としては、「桜の花びら散るたびに」から盛り上がりが来るので、桜はこうした心の中の花を咲かせる契機としての外界の花という位置付けであろうか。一見すると、桜がなぜ出てくるのかわからないようだが、詩の論理は通っている。

いきものがかり『花は桜　君は美し』　作詞　水野良樹

☆花は桜　君は美し　春の木漏れ日　君の微笑み
冬が終わり　雪が溶けて　君の心に　春が舞い込む☆
窓をたたく強い雨はまだ続くと　ラジオから流れる声が伝えています
電話から聞こえた声は泣いていました　忘れたはずの懐かしい声でした
君はまた　もう一度　あの頃に戻りたいのでしょうか
春を待つ　つぼみのように　僕は今　迷っています

☆繰り返し
変わらぬ街の景色が教えるのは　ひとつだけここに足りないものでした
「いつもの場所」と決めていた駅の前　揺れ動く心が僕を急がせます
僕はまた　もう一度　君の手を握りたいのでしょうか
春を抱く　かすみのように　僕は今　揺らいでいます
花は香り　君はうるわし　水面にうかぶ　光が踊る
風が騒ぎ　街は色めく　僕の心は　春に戸惑う
〔後略〕

いきものがかりの『花は桜　君は美し』は興味深い。別れた恋人と再会するらしいストーリーだが、「僕はまた　もう一度　君の手を握りたいのでしょうか」というように主体の意志が曖昧であり、「つぼみのように」、「春を抱く　かすみのように」と自然に近いものになっている。つまり、近代的な自我に当たる主体は無く、心の動きに対する責任は取れないわけである。そして、題名が示すように、王朝和歌以来の、季節に呼応した心が繊細に描かれる。

宇多田ヒカル『桜流し』　作詞　宇多田ヒカル

開いたばかりの花が散るのを／「今年も早いね」と
残念そうに見ていたあなたは／とてもきれいだった
もし今の私を見れたなら／どう思うでしょう
あなたなしで生きてる私を
Everybody finds love / In the end
あなたが守った街のどこかで今日も響く／健やかな産声を聞けたなら
きっと喜ぶでしょう／私たちの続きの足音
Everybody finds love / In the end
もう二度と会えないなんて信じられない
まだ何も伝えていない／まだ何も伝えていない
開いたばかりの花が散るのを／見ていた木立の遺る瀬無きかな
どんなに怖くたって目を逸らさないよ／全ての終わりに愛があるなら

宇多田ヒカルの『桜流し』もまた、「開いたばかりの花が散るのを／見ていた木立の遺る瀬無きかな」というように、古典的な表現や感性が織り込まれている。

ただし、いきものがかりの『花は桜　君は美し』のように、主体を自然に委ねているわけではない。

ここでは、「もう二度と会えないなんて信じられない」、「まだ何も伝えていない」という絶望の表現と、“Everybody finds love／In the end”という祈りに近い希望の表現が、葛藤しつつ、「どんなに怖くたって目を逸らさないよ／全ての終わりに愛があるなら」と、痛ましいまでの決意で結ばれる。

冒頭の「君」は恋人のようだが、「まだ何も伝えていない」と繰り返される悲しみの異様な深さが、対等の恋人同士より、むしろ、母子関係のような根源的なものを感じさせる。母藤圭子の自殺という、現実から遡って過去の歌詞を読むのは危険だが、唐突に現れる赤ん坊のイメージからしても、母への思いは含まれているだろう。

私は、能『桜川』と『隅田川』を連想した。どちらも、わが子を探して狂う母の能なので、母の行方を探していたという宇多田ヒカルの状況とは反対だが、『桜流し』という、精霊流しを思わせる題名と相俟って、母の鎮魂にふさわしい曲が作られていたことになる。

それぞれの曲を自分なりに読んでみたが、さて、桜ソングとは何なのか。

今世紀に入っての激増は、日本社会が、活力を失い、格差が拡大して、ひとつの国民国家という共同幻想が破られつつあることと無縁ではないだろう。

まさに、『古今集』は、大陸文化から独立した日本という国家幻想を作り上げるために、桜を共同体の象徴としたのではなかったか。

桜ソングは、失われた共同体を、桜によって見出そうとしているのか。

私は、桜ソングが、それぞれの幻想の共同体を求めてはいても、あくまで個人をうたうものであってほしい。

桜ソングが個人の顔を無くす時、先に見えるのは、行方を知らない落花の道である。

あとがき

桜は本当に美しいのか。その問いから書き始めた、無知蒙昧な一短歌作者の素人読みだが、迷走のまま、これという結論も得られなかった。私は、桜が、いかなる幻想からも解き放たれて原始の不逞な花を咲かせてくれることを望むが、それこそ、僭越というもので、春ごとに桜は、人間の思いなどとは関わりなく、植物の生を全うしているのであろう。

ほとんど妄想のような思い込みで書いたので、読者には文字通り御笑覧の上、御教示御叱責賜りたい。

桜の通史を書くつもりはさらさらなく、また能力も無いので、自分にとって切実な、『古今集』から『新古今集』に至る、国家による桜文化の創造から変容への流れが中心となった。しかし、また、『新古今集』までは歌が文芸の中心であったということも言えるだろう。

中世からあとは、ほんの拾い読みの形だが、決して革命の起こらないこの国で、桜が負わされてきた役割を、いつかまた改めて考えたい。桜は美しいアヘンだったのか。

近代以降は、桜と天皇制国家と戦争という、とてもこの小論ではとらえきれなかった大問題がある。今や辺境の文芸となった短歌との関わりを含めて、これこそ自分の残生のテーマだと思っている。

現代の小説に全くふれることができなかったのは残念だが、二十一世紀の桜ソングに出会って、桜文化のしたたかな根強さに驚いた。

平凡社の松井純さんに、何か一冊テーマを決めて書くようにお誘いいただいたのは、もうかれこれ二十年も前である。では、桜論でということに決まったのが十年目くらいで、それでも書けないまま、また十年が経ってしまった。

今年、急に書く気になったのは、タブレットや新しいパソコンを購入して、手書きより、長いものが書きやすくなったせいもあるのだが、最終的に背中を押したのは、桜ソングのところでも書いた藤圭子の自死である。一九五九年生まれの私は、社会の記憶が七〇年から始まっている。とりわけ、十一月二十五日の三島由紀夫の自死と、十二月三十一日紅白歌合戦の日本人形のような藤圭子のどす黒い歌声は忘れられない。あの呪いは本物だった、振り返れば、三島由紀夫と藤圭子、二人の自死の間を生きてきただけの人生だった、という戦慄の中でひたすら書いた。

二十年お待ちくださった松井さんの御寛容に深く深く感謝申し上げる。

また、わが家に何回もおいでくださって、パソコンの操作からゲラ直しに至るまで、優しく辛抱強くおつきあいくださり、松井さんとともにこの本を作ってくださった、同じく平凡社の竹内耕太さんに厚く感謝申し上げる。

そして、初稿をお読みくださり、忌憚ない御意見をくださった、若い友人であるとともに『やさしい古典案内』（角川選書、二〇一二）でデビューされた作家佐々木和歌子さんと、二十年来の友人であり、私を励まし続けてくださった詩人阿部日奈子さんに、愛犬さくらとともに心より御礼申し上げたい。

折りしも、「歴史は繰り返すが、一度目は悲劇、二度目は茶番である」というマルクスのあまりにも有名な言葉を忠実に実行したいらしく、大根役者たちが下手な見得を切ろうとしている。とんでもない花吹雪の幕切れになる前に、舞台から引きずりおろさなければならない。

二〇一三年師走

水原紫苑

平凡社ライブラリー版 あとがき

新書を無我夢中で書いてから三年経った。

全世界で茶番が始まった。舞台から引きずりおろしたいと願った大根役者たちは、裸の王様となって、化粧もしない無様な素顔で観客を舐めきった振る舞いだ。しかし、絶望はしない。息を整えて立とう。

今回のライブラリー版では、第十八章「近現代の桜の短歌」を書き直して、今の心を映すことにした。

近代以降、個々の作家たちは桜幻想に対して自覚的に立ち向かったと感じられるが、それにもかかわらず桜の大きな物語がこの国を覆っているのはなぜなのだろう。その圧力がある限り、「桜は本当に美しい」とは言えないのではないか。

天災と人災の続く列島に、また桜が咲く。どんな幻想とも物語とも関わりなく、したたかに命を輝かせる花の前に、顔を上げて歩み寄りたい。

二〇一六年十二月十七日

水原紫苑

参考文献

主なテキスト

『日本古典文学大系』『新日本古典文学大系』（ともに岩波書店）、『新潮日本古典集成』（新潮社）、『古典セレクション』（小学館）、『コレクション日本歌人選』（笠間書院）、『名作歌舞伎全集』（東京創元社）などを適宜参照。他に『万葉集全解』（筑摩書房）、『新古今和歌集全注釈』（角川学芸出版）、『山家集』（岩波文庫）、『藤原定家全歌集』（河出書房新社）、『和泉式部集・和泉式部続集』（岩波文庫）、『和泉式部集全釈』（笠間書院）、『本居宣長全集』（筑摩書房）、『鏡花全集』（岩波書店）、『折口信夫全集』（中央公論社）など。

主な参考資料

秋葉四郎『茂吉　幻の歌集『萬軍』』岩波書店、二〇一二
網野善彦『異形の王権』平凡社ライブラリー、一九九三
井筒清次『桜の雑学事典』日本実業出版社、二〇〇七
牛島秀彦『非國民的天皇論』エール出版社、一九七三
江藤淳『閉された言語空間』文春文庫、一九九四

岡井隆『今から読む斎藤茂吉』砂子屋書房、二〇一二
小川和佑『桜と日本文化』アーツアンドクラフツ、二〇〇七
柄谷行人『定本　日本近代文学の起源』岩波現代文庫、二〇〇八
――『日本精神分析』講談社学術文庫、二〇〇七
――『マルクスその可能性の中心』講談社学術文庫、一九九〇
川野里子『幻想の重量』本阿弥書店、二〇〇九
川端康成『山の音』新潮文庫、一九五七
観世寿夫『世阿弥を読む』平凡社ライブラリー、二〇〇一
北一輝『日本改造法案大綱（北一輝著作集第二巻）』みすず書房、一九六七
沓掛良彦『西行弾奏』中央公論新社、二〇一三
久保田淳『久保田淳座談集』笠間書院、二〇一二
――『藤原定家』ちくま学芸文庫、一九九四
小池光・三枝昂之・島田修三・永田和宏・山田富士郎『昭和短歌の再検討』砂子屋書房、二〇〇一
小高賢『現代の歌人１４０』新書館、二〇〇九
小林責・西哲生・羽田昶『能楽大事典』筑摩書房、二〇一二
小林秀雄『モオツァルト・無常という事』新潮文庫、二〇〇六
――『本居宣長』新潮文庫、一九九二
三枝昂之『前川佐美雄』五柳書院、一九九三

佐佐木幸綱『万葉集の〈われ〉』角川選書、二〇〇七
佐藤俊樹『桜が創った「日本」』岩波新書、二〇〇五
白井聡『永続敗戦論』太田出版、二〇一三
白洲正子『西行』新潮文庫、一九九六
高野公彦『現代の短歌』講談社学術文庫、一九九一
高橋睦郎『詩心二千年』岩波書店、二〇一一
田代慶一郎『夢幻能』朝日選書、一九九四
多田一臣『古代文学の世界像』岩波書店、二〇一三
――編『万葉集ハンドブック』三省堂、一九九九
多田一臣・藤原克己『日本の古典　古代編』放送大学教育振興会、二〇〇九
谷崎潤一郎『細雪（上）』新潮文庫、一九六七
塚本邦雄『定家百首』河出文庫、一九八四
坪内祐三『靖国』新潮文庫、二〇〇一
寺田澄江・高田祐彦・藤原克己編『源氏物語の透明さと不透明さ』青簡舎、二〇〇九
堂本正樹『世阿弥』劇書房、一九八六
中野敏男『詩歌と戦争』NHKブックス、二〇一二
夏目漱石『虞美人草』新潮文庫、一九八七
西谷修『戦争論』講談社学術文庫、一九九八

橋本治『江戸にフランス革命を!』中公文庫、一九九四
――『小林秀雄の恵み』新潮社、二〇〇七
馬場あき子『日本の恋の歌』角川学芸出版、二〇一三
半藤一利『昭和史』平凡社ライブラリー、二〇〇九
――『日本のいちばん長い日』文春文庫、二〇〇六
平岡正明『石原莞爾試論』白川書院、一九七七
福田和也『地ひらく』文藝春秋、二〇〇一
福田恆存『藝術とは何か』中公文庫、二〇〇九
――『平和論にたいする疑問(福田恆存評論集第三巻)』麗澤大学出版会、二〇〇八
――『保守とは何か』文春学藝ライブラリー、二〇一三
藤井貞和『源氏物語の始原と現在』岩波現代文庫、二〇一〇
藤田省三『天皇制国家の支配原理』みすず書房、一九九八
藤原克己・三田村雅子・日向一雅・佐々木和歌子『源氏物語』ウェッジ選書、二〇〇八
古橋信孝編『万葉集を読む』吉川弘文館、二〇〇八
松岡心平『中世を創った人びと』新書館、二〇〇一
松村雄二『西行歌私註』青簡舎、二〇一三
丸山眞男『日本の思想』岩波新書、一九六一
――『現代政治の思想と行動』未來社、一九六四

村上湛『すぐわかる能の見どころ』東京美術、二〇〇七
保田與重郎『後鳥羽院』新学社、二〇〇〇
――『芭蕉』新学社、二〇〇一
――『萬葉集の精神』新学社、二〇〇二
山田孝雄『櫻史』講談社学術文庫、一九九〇
吉本隆明『カール・マルクス』光文社文庫、二〇〇六
――『西行論』講談社文芸文庫、一九九〇
――『共同幻想論』角川文庫ソフィア、一九九九
――『夏目漱石を読む』ちくま文庫、二〇〇九
吉本隆明・江藤淳『文学と非文学の倫理』中央公論新社、二〇一一
四方田犬彦『ハイスクール1968』新潮文庫、二〇〇八
――『マルクスの三つの顔』亜紀書房、二〇一三
――『李香蘭と原節子』岩波現代文庫、二〇一一
『藤圭子　追悼（文藝別冊）』河出書房新社、二〇一三

[著者]
水原紫苑（みずはら・しおん）
1959年横浜生まれ。早稲田大学大学院仏文専攻修士課程修了。春日井建に師事。歌集に『決定版　びあんか・うたうら』（深夜叢書社）、『客人《まらうど》』『くわんおん』『世阿弥の墓』『あかるたへ』（以上、河出書房新社）、『いろせ』（短歌研究社）、『さくらさねさし』（角川書店）、『武悪のひとへ』（本阿弥書店）、『光儀《すがた》』（砂子屋書房）。散文に『星の肉体』『生き肌断ち』（以上、深夜叢書社）、『空ぞ忘れぬ』（河出書房新社）、『うたものがたり』（岩波書店）、『京都うたものがたり』『あくがれ——わが和泉式部』（以上、ウェッジ）、『歌舞伎ゆめがたり』（講談社）。

平凡社ライブラリー 853
改訂《かいてい》 桜《さくら》は本当《ほんとう》に美《うつく》しいのか　欲望が生んだ文化装置

発行日…………2017年3月10日　初版第1刷

著者……………水原紫苑
発行者…………下中美都
発行所…………株式会社平凡社
〒101-0051　東京都千代田区神田神保町3-29
電話　(03)3230-6579[編集]
(03)3230-6573[営業]
振替　00180-0-29639

印刷・製本……藤原印刷株式会社
ＤＴＰ…………平凡社制作
装幀……………中垣信夫

© Shion Mizuhara 2017 Printed in Japan
ISBN978-4-582-76853-4
NDC分類番号911　B6変型判(16.0cm)　総ページ286

平凡社ホームページ　http://www.heibonsha.co.jp/

落丁・乱丁本のお取り替えは小社読者サービス係まで
直接お送りください（送料、小社負担）。

平凡社ライブラリー　既刊より

G・フローベール ほか……愛書狂
内田百閒……百鬼園百物語――百閒怪異小品集
泉 鏡花……おばけずき――鏡花怪異小品集
宮沢賢治……可愛い黒い幽霊――宮沢賢治怪異小品集
佐藤春夫……たそがれの人間――佐藤春夫怪異小品集
江戸川乱歩……怪談入門――乱歩怪異小品集
莫言……豊乳肥臀 上・下
イザベラ・バード……中国奥地紀行 1・2
ジョナサン・スウィフト……召使心得 他四篇――スウィフト諷刺論集
D・H・ロレンス……D・H・ロレンス幻視譚集
E・ヘミングウェイ＋W・S・モーム ほか……病短編小説集
ラシルド＋森 茉莉 ほか……古典BL小説集
A・C・ドイル＋H・メルヴィル ほか……クィア短編小説集――名づけえぬ欲望の物語
オスカー・ワイルド ほか……ゲイ短編小説集
ヴァージニア・ウルフ ほか……［新装版］レズビアン短編小説集――女たちの時間
ヴァージニア・ウルフ……自分ひとりの部屋

白川　静……………………文字答問
白川　静……………………文字講話　全四巻
谷川恵一……………………言葉のゆくえ――明治二〇年代の文学
佐伯順子……………………美少年尽くし――江戸男色談義
菊地信義……………………わがまま骨董
藤田嗣治……………………随筆集　地を泳ぐ
榎本好宏……………………季語成り立ち辞典
沢村貞子……………………私の浅草
青柳いづみこ………………水の音楽――オンディーヌとメリザンド
天野正子＋石谷二郎＋木村涼子……モノと子どもの昭和史
氏家幹人……………………[増補] 大江戸死体考――人斬り浅右衛門の時代
半藤一利……………………日露戦争史　全三巻
加藤典洋……………………[増補改訂] 日本の無思想
樋口陽一……………………憲法　近代知の復権へ
大山誠一編…………………聖徳太子の真実
梶村秀樹……………………排外主義克服のための朝鮮史
金石範＋金時鐘……………[増補] なぜ書きつづけてきたか　なぜ沈黙してきたか――済州島四・三事件の記憶と文学